KB063410

로크미디어가
유혹하는
재미있는 세상

위대한 항해 4

2023년 7월 14일 초판 1쇄 인쇄
2023년 7월 19일 초판 1쇄 발행

지은이 이윤규
발행인 강준규

기획 이기헌 왕소현 임동관 박경무 강민구 조익현
책임편집 최전경
마케팅지원 이원선

발행처 (주)로크미디어
출판등록 2003년 3월 24일
주소 서울시 마포구 마포대로 45 일진빌딩 6층
Tel (02)3273-5135 **Fax** (02)3273-5134
홈페이지 rokmedia.com **E-mail** rokmedia@empas.com

ⓒ 이윤규, 2023

값 9,000원

ISBN 979-11-408-1033-8 (4권)
ISBN 979-11-408-1029-1 04810 (세트)

위대한 항해

이윤규 대체역사 소설 ❹

✿ 조일전쟁

CONTENTS

1장

잠깐 멈칫거리던 하나부사도 이내 자리에서 일어났다. 그러고는 대진의 손을 마주 잡았다.

"안타깝지만 더는 붙잡지 못하겠습니다. 조심해 가십시오."

"예, 그럼."

인사를 마친 대진이 전각을 나왔다.

대진과 일행은 일본인 하인의 안내를 받아 가며 선착장으로 내려갔다. 그 모습을 바라보던 가와무라 스미요시가 아쉬워했다.

"하나부사 외무대승, 조선 대표를 그냥 돌려보내실 겁니까?"

"그냥 돌려보내지 않으면요? 잡아 가두기라도 해야 합니까?"

"최소한 우리를 모욕한 벌은 주어서 보내야 하지 않겠습니까?"

하나부사가 고개를 저었다.

"말도 안 되는 소리입니다. 사신 모욕은 미개한 족속들이나 벌이는 천박한 행위입니다. 우리 일본은 서양과 교류하며 동양에서 제일가는 문명국가가 되었습니다. 그런 우리가 비문명적인 짓을 벌일 수는 없습니다."

"그렇다고 해도 너무도 뻔뻔한 작자가 아닙니까? 저들은 외무대승과 제 말에 단 한 마디도 지지 않으려고 억지를 부렸어요."

하나부사가 고개를 저었다.

"그만하세요. 저들의 주장이 전부가 사실이지 않습니까? 제대로 따지고 보면 잘못은 우리에게 있습니다."

"그래도요."

하나부사가 대진을 잠시 바라봤다.

"협상하다 보면 상대방의 기세가 느껴집니다. 저는 그동안 여러 나라의 외교관과 협상해 왔습니다. 그런 와중에 한번도 기세에 눌린다는 느낌을 받은 적이 없었습니다. 그런데 놀랍게도 조선의 대표는 전혀 다르군요."

하나부사가 대진을 크게 높였다. 그게 싫었는지 가와무라가 은근히 딴죽을 걸려 했다.

"동양인치고 덩치가 커서 그런 거 아닙니까? 솔직히 저도 조선 대표를 처음 보고는 깜짝 놀랐습니다."

하나부사가 고개를 저었다.

"키나 덩치가 커서 그런 건 아닙니다. 유럽 국가의 외교관들 중 조선 대표보다 큰 사람은 얼마든지 많습니다. 그런 사람들을 보더라도 저는 조금도 위축되지 않았었습니다."

"그렇습니까?"

"예, 그보다는 너무도 당당하고 자신감이 넘쳐서 그런 것 같군요. 제가 만난 조선인 중에 저런 기세를 가진 사람은 없었습니다."

"……."

"제가 알고 있던 조선인이 아니었습니다. 조선말을 하고 있는데도 마치 다른 나라 사람을 만나는 느낌이었습니다."

"아! 외무대승께서는 조선말을 잘하시지요?"

"그렇습니다. 일부러 모른 척했지만 그가 하는 말을 하나도 빠짐없이 알아들을 수 있었습니다. 그런데도 이상하게 조선인이 아니라는 생각이 머릿속에 맴돌았습니다. 정말 이상하게도요."

"허허, 그거 참."

"그런데, 이렇게 결말이 나면 조선과의 전쟁은 필연이겠지요?"

가와무라 스미요시가 고개를 끄덕였다.

"그렇게 되겠지요. 어차피 선전포고까지 한 마당인데 물러설 수는 없지요."

"그래야겠지요. 후! 그런데 이상하게도 왠지 모르게 찜찜

한 느낌이 듭니다."

가와무라 스미요시가 호탕하게 웃었다.

"하하하! 너무 심려하지 마십시오. 조선이 아무리 발버둥 쳐 봐야 허약하다는 사실은 변하지 않습니다. 오늘 저 범선을 보니 서양의 어느 나라가 뒤를 밀어주고 있는 것이 분명합니다. 우리가 그 나라를 찾아서 적당한 이권을 넘겨주면서 제거하면 조선 공략은 여반장입니다."

하나부사도 고개를 끄덕이며 동조했다. 그러나 그의 속마음에서는 왠지 모를 불안감이 스멀거렸다.

대마도 협상 결과는 조선이 먼저 알게 되었다. 부산까지 배를 타고 온 대진이 V-22로 한양까지 날아갔기 때문이다.

보고를 받은 국왕은 담담했다.

"결국 예상대로군요."

"사전에 보고드린 대로였습니다. 다만 한 가지, 선전포고를 정확히 하고 온 것이 나름의 성과였습니다."

수상 홍순목이 나섰다.

"일본 대표들을 보니 어떠하던가?"

"우선은 젊었습니다. 일본 신정부를 구성하고 개혁을 시작한 주체는 전부 젊습니다. 그리고 대부분이 하급무사이거나 평민이고요. 그렇다 보니 하나부사 대표나 해군 중장도 이제 겨우 삼십 대 초반에 불과했습니다."

"해군 중장이면 우리의 장관(將官)에 해당하지 않는가? 그런 사람이 삼십 대 초반이라니, 어떻게 된 건가?"

"우리처럼 하급무관부터 단계를 밟아 승진한 것이 아니라 바로 임명되었을 공산이 큽니다."

홍순목이 고개를 갸웃했다.

"절차도 없이 그게 가능한가?"

"물론입니다. 대개의 개혁은 신진 세력이 주도합니다. 그런데 구세력을 개혁으로 몰아내면 관직이나 군에서 고위층이 없어지게 됩니다. 그렇게 되면 개혁 주체 세력이 나이를 떠나 그 자리를 차지할 수밖에 없습니다."

"젊은 사람들이 그 자리를 차지하겠지."

"그렇습니다. 군도 마찬가지고요. 그래서 개혁 초기에는 초급간부와 고위층의 연령 차가 좁혀지게 됩니다. 특히 일본처럼 구체제가 완전히 무너지고 새로운 신정부가 들어선 경우는 더 그러하고요."

국왕이 먼저 이해를 했다.

"막부가 없어지면서 사무라이는 물론이고 영주들까지 전부 없어진 탓이겠지요. 일본의 신정부는 막부를 이끌어 가던 막부 중신들도 모조리 배제를 했을 것이고요."

대진이 크게 놀랐다.

"대단하십니다. 맞습니다. 일본의 신정부는 막부 시대 최고 권력 집단이던 다이묘와 사무라이들을 모두 물러나게 했습니다. 에도막부를 유지했던 하타모토와 같은 막부 중신들도 마찬가지고요. 그래서 지금의 일본은 권력에서 밀려난 사무라이들의 불만이 팽배한 상황입니다."

대원군이 나섰다.

"과거 임진왜란 때와 비슷한 경우가 되었겠지."

"그렇습니다."

대진이 설명했다.

"임란 당시에는 도요토미 히데요시가 일본을 통일했습니다. 그 결과, 전국시대를 거친 수십만의 전력이 불만을 분출할 곳이 마땅히 없었고요. 지금의 일본도 처지가 비슷합니다. 저희가 파악한 바로는 일본의 사무라이들은 200여만이라고 합니다. 갑자기 지도층에서 잉여 인력이 된 것이지요. 그런 힘이 내부에서 폭발하면 격한 내전이 발발하게 됩니다. 일본은 그렇게 되지 않기 위해서 호시탐탐 외부로 힘을 뻗으려 하고 있고요."

국왕이 맥을 짚었다.

"그 대상 중 하나가 우리 조선인 거군요."

"그렇습니다. 일본은 수단과 방법을 가리지 않고 우리 조선을 공략하려 합니다. 그 첫 번째가 이번에 있었던 함대를 동원한 무력시위였지요."

대원군이 한숨을 내쉬었다.

그는 정확하게 상황 판단을 했다.

"후! 마군이 없었다면 우리는 큰 굴욕을 당할 뻔했어. 마군이 아니었다면 우리의 군사력은 훈련도감 병력이 고작이었을 테니까. 그 정도로는 몰아치는 일본의 공세를 막아 내지 못했을 것이 분명해."

홍순목도 동조했다.

"맞는 말씀입니다. 마군이 없었다면 우리 조선은 일본의 공세에 결국 무릎을 꿇었을 것입니다."

국방대신 이경하가 나섰다.

"지금은 다릅니다. 2만여 명의 초급무관이 양성되어 있사옵니다. 1만 5천의 수군 초급무관도 양성되어 있고요. 이런 바탕에서 징병제만 도입하면 수십만 병력은 순식간에 충원할 수 있사옵니다."

외무대신 박규수도 거들었다.

"옳은 말씀입니다. 지금은 백척간두나 다름없습니다. 이러한 때 징병제를 실시하지 않으면 실기를 할 가능성이 높습니다."

국왕이 확인했다.

"두 분 대신께서는 지금 징병제를 실시하자는 말씀을 하신 겁니까?"

이경하가 대답했다.

"그러하옵니다. 이제 모든 준비는 갖춰져 있습니다. 초급 무관 양성은 올 연말 추가 충원까지 마칠 수 있게 되었습니다. 소총과 대포 등의 각종 화기도 차곡차곡 숫자를 늘려 나가고 있고요. 더구나 올해부터는 속오군에 대한 훈련도 제대로 실시되고 있는 상황입니다. 이제는 전하의 결단만이 남아 있습니다. 전하께서 징병제를 선포하신다면 백만 대군도 단숨에 끌어모을 수 있사옵니다."

대원군이 지적했다.

"국방대신의 말씀은 맞소이다. 그러나 군은 충원하는 것보다 유지하는 일이 훨씬 더 큰일이오. 당장의 수십만, 수백만 대군도 좋지만 그 병력을 어떻게 유지할 수 있을지를 먼저 검토해 봐야 합니다."

국왕이 대진을 바라봤다.

"이 특보, 군량에 대해서는 남방 지역과 협력하면 가능하지 않나요?"

"코친차이나와의 협력 말씀이십니까?"

"그래요."

"충분히 가능합니다. 이미 건빵은 작업을 시작해서 곧 시제품이 나올 것입니다. 그리고 징병을 시작하면 필요한 양곡은 얼마든지 더 들어올 수 있사옵니다. 무엇보다 금년부터 재배를 시작한 신품종 볍씨가 내년에 전국적으로 확산되면 식량 자급은 물론이고 군량 문제도 큰 어려움이 없을 것입니다."

내무대신 신응조가 나섰다.

"이 특보의 말씀대로입니다. 금년은 신품종 볍씨를 경기도를 포함한 기호지방에 보급해 2배 이상의 대풍을 거뒀습니다. 내년부터 전국에 보급되면 식량은 더 이상 걱정하지 않아도 될 것이옵니다."

그 말에 국왕의 용안이 더없이 환해졌다.

"참으로 고마운 일입니다. 군주의 입장에서 백성들의 식량이 해결되었다는 말만큼 기쁜 일은 없을 것입니다."

대원군이 웃으며 치하했다.

"이 모두가 개혁을 받아들인 주상의 용단 덕분입니다. 하례 드립니다, 주상."

모두가 일제히 고개를 숙였다.

"하례 드립니다, 전하."

"고맙습니다. 군량이 해결된다니 더 무엇을 걱정하겠습니까? 아! 그리고 총기와 대포 제작은 어떻게 되어 가고 있습니까?"

이경하가 보고했다.

"지금까지 총 5만여 정의 소총이 제작되었습니다. 대포는 300여 문의 야포와 100여 문의 함포가 제작되었고요. 그리고 박격포는……."

이경하의 보고가 잠시 이어졌다. 이경하는 서류도 보지 않고 보고를 할 정도로 화기 제작에 지대한 관심을 쏟고 있었다.

"……이렇게 화기가 대량으로 제작될 수 있었던 것은 전적으로 마군의 기술력 덕분입니다. 마군 기술자들은 다른 어떤 기술자들보다 우수한 무기 제작 기술을 보유하고 있사옵니다. 덕분에 시간이 지날수록 무기 생산량이 폭발적으로 늘어나고 있사옵니다."

대원군이 확인했다.

"내년 말까지 얼마나 생산이 가능하겠소?"

이경하가 대강 계산을 했다.

"소총은 20여만 정, 야포는 1,000여 문 박격포도 2,000여 문, 함포는 500여 문 정도가 생산될 것입니다."

"총탄과 포탄의 보급에도 차질이 없겠지요?"

"구리 수급만 원활하다면 조금도 문제가 없을 것이옵니다."

"구리는 대규모 광산이 발견되지 않았소?"

이경하의 목소리가 높아졌다.

"모두가 마군 기술진의 덕분입니다. 지금까지 조선에서는 구리 생산이 안 되는 줄 알았습니다. 생산이 되었어도 소량이고요. 그래서 그동안 구리를 수입하느라 애를 먹어 왔습니다. 그런데 마군의 광산 기술자들이 함경도 혜산과 갑산에서 대규모 구리광산을 개발했습니다. 그 바람에 총탄 제작은 물론이고 내년에 실시될 새로운 화폐 발행에 결정적 도움이 되고 있사옵니다."

보고를 듣던 국왕이 흐뭇해했다.

"고마운 말씀이군요. 우리 조선은 늘 구리 때문에 애를 먹어 왔는데 이제는 그런 고생을 하지 않아도 되었어요."

모두가 고개를 끄덕였다.

"대신들의 말씀을 들어 보니 징병을 시작해도 될 정도인 것은 분명합니다. 그러면 어떤 방식으로 징병을 실시해야 효과적이겠습니까?"

대진이 발언했다.

"전하! 기왕이면 격문(檄文)과 전시(展示)부터 시작하시는 것이 어떻겠습니까?"

모두가 어리둥절해했다.

국왕이 질문했다.

"격문은 알겠는데 전시라면, 무엇을 전시한다는 말씀이오?"

"이번에 나포한 일본 함정과 일본군 포로들을 전시하는 겁니다. 그러면서 그들의 죄상을 알리는 격문을 모든 고을에 붙인다면 큰 반향을 불러일으키지 않겠습니까?"

이경하가 격하게 반겼다.

"아주 좋은 생각입니다. 아무리 군사훈련을 재개했다고 해도 징병제를 본격적으로 실시하면 문제가 발생하기 마련입니다. 특히 병역을 지게 될 양반들의 반발이 상당할 것으로 예상되고요. 그런데 조선을 침략한 일본 함대와 일본군을 백성들이 직접 보게 되면 그런 불만이 크게 줄어들 것입니다."

홍순목도 거들었다.

"맞는 말씀입니다. 아마도 일본이 선전포고를 했다는 사실까지 알게 되면 일부 유생들은 자원입대까지 할 가능성이 높습니다."

박규수도 동조했다.

"임진왜란을 막아 낸 것은 명나라도 아니고 관군도 아니고 의병들의 분투 덕분이었습니다. 거기다 충무공 이순신의 분전이 결정적 역할을 했고요. 만일 격문을 붙이고 일본 함대와 일본군을 직접 보게 된다면 징병에 대한 불만을 표출하는 일은 크게 줄어들 것입니다."

대원군이 냉정하게 상황 파악을 했다.

"그렇다고 해도 우월감에 젖어 있는 유생들은 분명 문제를 일으킬 공산이 클 것이오. 그러니 국론을 하나로 결집시키기 위해서라도 그에 대한 준비는 철저히 해야 할 것이외다."

대원군이 대진을 바라봤다.

"이 특보, 마군에서 대체복무제를 적극 검토한다는 말을 들었네."

대진이 설명했다.

"취지는 모든 국민이 병역의무를 지자는 겁니다. 그러나 30~40세와 몸이 불편한 주민들은 정식 복무가 어렵습니다. 이런 사람들을 대상으로 대체복무를 실시하려고 합니다. 대상자는 국가가 추진하는 각종 공사 현장이나 군수공업 등에서 복무 기간과 동일한 기간을 근무하게 됩니다."

박규수가 질문했다.

"무임금으로 일을 시킨다는 말인가?"

대진이 고개를 저었다.

"아닙니다. 그렇게 되면 능률이 극히 떨어집니다. 그러니 근무 기간 동안에는 최소한의 임금을 지급할 예정입니다. 아울러 우수 근무자들은 특별채용도 실시할 예정이고요."

대신들의 머릿속이 복잡해졌다. 이들 대부분의 자식이나 손자가 입영 대상이라 징병제는 자신들의 문제였기 때문이다.

누군가 질문했다.

"교육대학생들은 군역이 면제되는 것으로 압니다. 허면 장차 설립될 일반대학의 대학생들도 군역이 면제됩니까?"

대진이 고개를 저었다.

"그건 아닙니다. 교원들은 나라의 동량을 길러 내는 스승이어서 특전이 주어지는 겁니다. 그러나 대학생은 단순한 학생이어서 면제는 없습니다."

"아! 그래요?"

"그 대신 학과 생활 도중에 받는 군사훈련에 비례해 복무 기간이 줄어듭니다. 아울러 대학 재학 중에는 군에 가지 않아도 되고요."

그때 대원군이 문제를 제기했다.

"허면 서원처럼 평생 원생으로 살아가려는 자들도 생기게 될 것이네. 그런 자들에 대한 제재를 따로 해야 하지 않겠나?"

대진이 고개를 저었다.

"그럴 필요는 없습니다."

"40세까지 대학에 남으면 자연스럽게 군역은 면제되는데도 제재를 하지 않는단 말인가?"

"그렇습니다. 징병제가 실시되면 이전처럼 평생 군역을 지지 않습니다. 단 3년이면 평생 군역이 면제되는데 그걸 피하려고 40까지 대학에 남는다는 건 소탐대실입니다. 더욱이 그 기간 동안 학기마다 등록금을 내야 하고요."

"그렇기는 하지. 그럼에도 군에 가지 않으려는 자들이 나오지 않겠나?"

"그들은 낙오자가 되는 겁니다. 주변의 학생들은 취업 등을 위해 대학 1, 2학년에서 휴학하고 군에 다녀옵니다. 그런 동료 학우들의 눈총 때문에라도 병역 회피를 위해 대학을 이용하지는 못합니다. 그리고 학교에서도 그런 학생들을 그대로 놔두지도 않을 것이고요."

"아! 대학이 제재를 가하면 되겠구나."

"그렇습니다."

대원군이 결정했다.

"좋네. 대체복무제는 좀 더 다듬기로 하세. 그리고 이 특보의 제안대로 격문과 전시를 먼저 실시해서 여론을 하나로 모으는 게 좋겠어."

국왕도 적극 동조했다.

"과인도 아버지의 말씀에 적극 동의합니다."

두 사람이 이견 없이 결정했다. 그에 따라 격문 개시(揭示)와 함정 전시는 즉각 시행되었다.

먼저 격문이 팔도에 개시되었다.

격문이 개시되자 온 나라가 들끓었다.

백성들은 일본이 그동안 자행한 과정과 선전포고에 격하게 반응했다. 임진왜란까지 들먹였다는 소리에 모두가 분노했다.

상소가 빗발쳤다.

특히 임진왜란 당시 의병장으로 이름을 떨쳤던 가문의 후손들이 대거 입대를 자원했다. 나라는 이런 의기를 높이 사서 선조들의 품계를 가자하거나 공신으로 추대했다.

당시 의병장들은 공적에 비해 합당한 포상이나 예우를 받지 못한 경우가 많았다. 김덕령과 같이 억울한 누명을 쓰고 옥사한 경우도 있었다.

이런 의병장들을 공신으로 추존한 것이다. 만시지탄이었지만 이런 조치로 인해 백성들의 입대 열기는 더 높아졌다.

5척의 일본 함대가 팔도에 전시되었다.

백성들은 일본 함정의 규모를 보고 놀랐다. 그리고 함께 있는 일본군 포로들에게는 욕을 하거나 침을 뱉으며 분노를 표출했다.

해가 바뀐 정초가 되었다.

"주상 전하 납시오."

손인석이 마군 지휘부와 함께 입궐했다.

그리고 국왕과 대원군을 비롯한 조선 정부 대신들과 신년 인사했다. 이어서 지난해와 마찬가지로 떡국을 먹으며 덕담을 나눴다.

이날의 연회는 경복궁에 지어진 신식 별궁에서 진행되었다. 경복궁 별궁은 효용가치가 떨어진 궐내 각사의 일부 전각을 해체하고서 지어졌다.

별궁은 석조 2층으로 지어졌다.

외양은 고전양식이었으며 전면에는 십이간지를 나타내는 열두 기둥이 세워졌다. 마군의 설계로 지어진 건물은 크고 웅장했으며 정면 중심에는 왕실 문양이 양각되어 있었다.

내부도 화려했다.

바닥은 전부 대리석이 깔려 있었으며 대궐 최초로 스팀 난방이 도입되었다. 창문은 이중이었으며 전부가 유리로 마감되어 있었다.

건물의 1층은 회의실과 연회장 등 행사를 위한 공간이었다. 2층에는 국왕의 집무실을 비롯한 침전 등이 마련되어 있었다.

새해인사와 식사는 건물의 1층의 연회장에서 거행되었다. 건물의 1층에서 식사를 마친 일행은 중앙 계단을 통해 2층으로 올라갔다.

2층 정면에는 국왕의 집무실이었다.

집무실은 경호관과 내관 등이 머무는 전실을 지나야 들어설 수 있었다. 편전으로 사용될 집무실은 크고 넓었으며 어좌의 전면 벽에는 세계 전도가 아름답게 장식되어 있었다.

국왕도 완공된 별궁은 처음이었다.

"놀랍군요. 건물을 지을 때부터 내부가 궁금했는데 이렇게 웅장하고 화려할 줄 몰랐습니다. 손 대장님과 마군이 과인에게 좋은 건물을 선물해 주셔서 고맙습니다."

손인석이 고개를 숙였다.

"아닙니다. 기존의 경복궁도 세계 어디에 내놔도 손색이 없는 궁궐입니다. 그러나 장차 개항하게 되면 외국 인사들이 방문하게 됩니다. 편전이 입식으로 바뀌었지만 신발을 벗지 않는 서양인들에게는 불편한 것이 사실입니다. 그런 점을 감안해 실용적으로 건물을 지었습니다."

"예, 과인도 그렇지만 다른 분들도 그 점이 편한 것 같습니다."

대원군도 기뻐했다.

"참으로 뜻깊은 일입니다. 경복궁의 가치를 훼손하지 않으면서 이렇게 훌륭한 건물을 지었어요."

홍순목도 동감했다.

"그러게 말입니다. 우리도 그렇지만 조선의 백성들이 이

건물을 보면 개혁이 얼마나 세상을 바꾸게 될지 절감하게 될 것입니다."

재경대신 겸 부수상인 강로도 거들었다.

"고마운 일이지요. 이렇게 크고 웅장한 건물을 축성했는데 국고는 한 푼도 들어가지 않았습니다. 모두 대한무역에서 벌어들인 수익으로만 완공을 했으니 그저 놀라울 따름입니다."

손인석이 웃으며 거들었다.

"그만큼 무역이 중요하다는 점이 부각되었지요."

"맞는 말씀입니다."

대진이 권했다.

"전하께서 어좌에 정좌하시지요."

"그럽시다."

국왕이 화려하게 장식된 어좌에 앉았다. 그런 국왕의 바로 아래로 대원군이 자리했다. 그러고는 마군 지휘관들과 대신들이 탁자에 정좌했다.

한동안 덕담이 오갔다.

국왕을 비롯한 모든 사람들의 표정에는 이전보다 자신감이 더 한층 배가되어 있었다. 대진은 대화가 끝나 갈 무렵 적당히 때를 봐서 나섰다.

"전하, 새로운 화폐의 문양이 결정되었다고 합니다. 그래서 지금 조폐공사에서 그 견본을 갖고 와서 대기해 있사옵니다."

국왕이 반색했다.

"오! 어서 들라 하시오."

대진이 나갔다가 몇 사람과 함께 돌아왔다. 대진이 사람들을 소개했다.

"여기는 우리 마군 출신으로 이번에 조폐공사 사장이 된 분입니다. 그리고 이 사람들은 역시 마군 출신들로 화폐 문양을 도안했습니다. 그리고 이분은 군기시장인 출신으로 역시 화폐 문양을 도안했습니다."

네 사람이 앞으로 나와 자신을 소개했다.

마군은 모든 기술을 이전하지 않았다.

할 수가 없었다.

그러기에는 보유한 기술과 조선의 현실 간의 격차가 너무도 컸기 때문이다. 그리고 너무 많은 기술이전은 독이 될 가능성이 높았다.

특히 마군의 향후 위상을 위해서라도 기술과 이권은 상당 부분 보유하고 있는 것이 좋았다. 그런 이권 중 하나가 화폐 발행으로, 마군은 대한은행을 설립해 화폐 발행을 직접 통제하려 했다.

화폐 발행을 위해서는 은행을 설립해야 한다. 그래야 발행한 화폐를 적절히 통제하면서 시장 기능을 조절할 수 있었기 때문이다.

그래서 직접 국왕과 담판을 지었다.

그 결과, 대한은행의 자본금은 마군이 전액 충당하기로 했다. 그리고 마군이 60%, 왕실이 20%를 가지며 나머지 20%는 추후 공개하기로 했다.

이어서 화폐 발행 권리는 마군이 40%, 왕실이 20%, 내각이 20%를 보유하기로 했다. 그리고 남은 20%는 추후 민간은행에 넘겨주기로 했다.

누구도 일방적으로 화폐를 발행하지 못하게 한 것이다. 그리고 새로 설립된 조폐공사 이외에는 화폐 발행을 전면 금지시켰다.

이 결정에 왕실은 만족했으나 내각은 약간의 불만을 제기했다. 그러나 대원군이 이를 적극 지지하면서 불만은 이내 수그러들었다.

대한무역은 수익금을 우선적으로 은행 자본금으로 충당해 왔다. 그리고 사략작전으로 벌어들인 막대한 금전도 투입하면서 자본금을 쉽게 모을 수 있었다.

이뿐만이 아니었다.

마군은 금 · 은광도 적극 개발하기로 했다. 그리고 수익의 상당 부분을 대한은행의 왕실 자본금 확충에 투입하기로 했다.

대원군은 이 조치에 적극 동조했다.

특히 대원군은 당백전의 발행으로 큰 곤욕을 치른 경험이 있었다. 그래서 마군에게 금 · 은광 개발의 독점권까지 부여해 줄 정도로 누구보다 대한은행 자본금 확충에 관심을 보였다.

그만큼 국왕과 대원군은 마군을 믿었다. 그리고 마군의 사심 없는 일 처리에 크게 의지하고 있었다.

국왕이 크게 고개를 끄덕였다.

"그렇지 않아도 새로운 화폐를 위해 고생들이 많다는 보고는 받아 왔습니다. 더불어 조폐공사 설립도 잘 진행되었다는 보고도 함께 받았고요. 어떻게, 화폐 문양은 잘 만들어졌나요?"

조폐공사 사장 남윤식이 나섰다.

남윤식은 백령도 기관부 간부 출신이다.

그런 그가 화폐 발행을 자원한 것은 평생 동안 각국 화폐를 모아 온 취미 때문이었다. 남윤식이 수집한 화폐 컬렉션은 대단해서 전시회를 열 정도로 화폐에 대해 박학다식했다.

그런 취미가 직업이 된 것이다.

남윤식은 조폐공사 사장에 취임한 후 놀라울 정도로 능력을 발휘했다. 서양으로부터 필요한 각종 기자재를 수입했으며 직원도 직접 인선할 정도로 열정적이었다.

그 결과가 이번에 나온 것이다.

남윤식이 가져온 샘플을 펼쳤다. 그러고는 하나씩 짚어 가면서 설명을 시작했다.

"화폐 단위는 원(圓)으로 했습니다. 원은 둥글다는 의미도 있으며 돌고 돈다는 돈의 통속적인 함의도 내포되어 있습니다."

국왕이 흡족한 표정을 지었다.

"이름을 아주 잘 지었소이다."

"감사합니다. 그리고 그 아래 단위로 전(錢)과 푼(分)을 사용합니다. 그리고 원화는 은으로, 전화는 백동화로, 푼은 동화가 사용되었습니다. 원의 가치는 지금의 냥(兩)과 똑같이 잡아서 혼선을 없앴습니다. 다음으로 문양 제작에 대해 설명하겠습니다."

문양 제작자인 이시우가 나섰다.

이시우도 마군 출신이었다.

"은화의 전면은 왕권을 상징하는 용이 양각되어 있습니다. 후면에는 경복궁의 정문인 광화문을 새겼고요. 그리고 복제하기 어렵게 돌기를 만들고 은화의 주변에는 왕실 문양을 새겨 넣었습니다. 원화 은화는 1원과 10원, 두 종류로 발행되며 은의 함량은 실제 가치의 90% 이상입니다."

편전이 술렁였다.

홍순목이 이의를 제기했다.

"그렇게 가치가 높으면 사장될 가능성을 염두에 두어야 하지 않겠소?"

남윤식이 나섰다.

"그 점은 걱정하지 않아도 됩니다. 이번에 설립되는 대한은행은 전국 주요 지역에 지점을 설립하게 됩니다. 그 지점에서는 일반인들의 예금도 수납하며 그에 대한 이자도 지급하게 됩니다."

홍순목이 고개를 저었다.

"그건 들어서 알고 있지만 이자가 너무 싸지 않소이까? 시중의 이자보다 절반도 안 되는 이자를 받으면서 누가 재물을 은행에 예금하겠소."

"대한은행의 기능은 화폐 발행과 시장 질서 확립을 목적으로 합니다. 그래서 본래는, 일반예금은 받지 않고 앞으로 설립될 시중은행에서 예금과 대출을 실행하게 될 것입니다. 그런데도 이번에 대한은행에서 예금을 받는 까닭은 자산가들의 재물을 보호하기 위해서입니다."

남윤식이 대신들을 둘러봤다.

"지금 우리의 화폐경제는 거의 무너졌다고 해도 과언이 아닙니다. 국고에 보관된 동전도 상평통보는 없고 거의가 청전(淸錢)일 정도이지요. 이런 상황에서 새로운 화폐를 발행하면 통용되지 않고 보관될 가능성이 높습니다. 그래서 믿을 수 있는 대한은행에서 예금을 받으려는 겁니다."

대진이 부언했다.

"집에 은화를 보관하려면 경비도 세워야 하고 창고도 튼튼히 지어야 합니다. 그렇게 들어가는 비용은 상당할 것이고요. 그런 비용을 없애고 안전하게 보관하려면 은행을 이용하는 게 좋습니다."

남윤식이 말을 받았다.

"그렇습니다. 재화를 어떻게 보관하는지는 각자 알아서 할 일입니다. 그것까지 나라가 통제할 수는 없는 법이지요. 그러나 다음에 지폐가 발행하게 되면 보관과 사용이 어려운 은화는 점점 더 효용가치가 떨어지게 될 겁니다."

누군가 이의를 제기했다.

"그런데 은행에 돈을 맡기면 그 내용이 속속들이 외부로 드러나게 되지 않겠소이까?"

대진이 고개를 저었다.

"절대 그렇게 되지 않습니다. 대한은행은 철저하게 예금자를 보호할 것입니다. 비밀도 엄수할 것이고요. 그래서 어떠한 경우라도 예금자의 신분이 드러나지 않습니다."

"누가 요구를 하더라도 말이오?"

"물론입니다. 송구하지만 어느 분이 요청하시더라도 공개하지 않습니다. 그래야 누구든 믿고 맡기지 않겠습니까?"

"범죄수익이라도 말이오?"

"그 경우는 다릅니다. 만일 법원에서 맡겨 둔 예금이 범죄수익으로 판단해서 정식 영장을 발부한다면 경우가 달라집니다."

"검찰과 경찰이 요청을 해도 말이오?"

대진이 말을 딱 잘랐다.

"그렇습니다. 다시 말씀드리지만 어떤 누가 요청을 해도 예금 공개는 없습니다."

이 말을 들은 중신들은 하나같이 고개를 끄덕였다.

그동안 많이 정리되었다고 해도 누구도 자유로울 수 없는 것이 비리 혐의다.

더구나 대부분의 대신들은 권문세가 출신들이었다. 그래서 누구에게도 내보이기 싫은 재산을 많이 갖고 있었다.

대원군이 나섰다.

"그동안 조선의 명문거족은 화폐를 재물처럼 집에다 보관해 온 것이 현실이오. 그로 인해 화폐가 제대로 돌지 않았으며, 화폐가치가 낮아 문제가 되었지요. 그런데 이번에 발행하는 화폐 덕에 그런 여러 문제점을 해소할 수 있게 되었어요. 더구나 은행에서 이자까지 주어 가며 보관해 준다니 참으로 편리한 세상이 되었소이다."

국왕도 거들었다.

"그러게 말입니다. 마군이 오고 몇 년 만에 우리 조선의 많은 부분이 바뀌는 것 같습니다. 이번에 은행이 설립되면 내수사에 보관된 각종 재물도 현금으로 바꿔 예치해야겠습니다."

"우리 운현궁도 그렇게 해야겠습니다. 은행이 출범하고 화폐가 발행하려면 한 달여가 남았으니 주상께서도 서둘러서 필요 없는 재물을 정리하는 게 좋겠습니다."

"내수사에 지시해 놓겠습니다."

조선에서 국왕과 대원군이 나서서 하지 못할 일은 없다. 더구나 당백전과 청전으로 문란해진 화폐경제를 바로잡으려 한다는 명분이 더해지면서 두 사람의 존재감은 더욱 커졌다.

2월 1일.

은행이 설립되고 화폐가 발행되었다.

새로운 화폐는 기존의 상평통보와 당백전, 그리고 청전을 대번에 대체했다. 정부도 이를 독려하기 위해 관리들의 급여를 비롯한 모든 지출을 신화폐로 대체했다.

이럼에도 별다른 혼란이 발생하지 않은 까닭은 신화폐의 표시 가치와 실질 가치가 같아서였다. 덕분에 조선의 실물경제는 급속히 안정을 찾았다.

2월부터는 군사훈련도 재개되었다.

이 군사훈련에 엄청난 백성들이 몰려들었다. 놀랍게도 이전에는 이런저런 핑계를 대고 빠지려던 양반들까지도 대거 참석했다.

초급무관을 양성한 지 1년의 시간이 지났다. 덕분에 훈련을 지도하는 교관들의 숫자도 배로 늘었다.

여기에 훈련에 참석한 백성들의 열기가 차고 넘쳤다. 그 바람에 군사훈련은 역사 이래로 가장 알차게 진행되었다.

정신교육도 중점적으로 다뤄졌다.

지금까지 조선에서의 정신교육은 유교 경전이 거의 전부였다. 그로 인해 좋은 영향을 받기도 했지만, 사상적으로는 정체되어 큰 문제가 되었다.

그러나 마군이 오면서부터 정신교육은 새로운 전기를 맞았다. 마군은 능동적이고 진취적인 기상을 고취시켰으며 조선의 미래도 역설했다.

미래를 지고 갈 사람은 백성이란 점도 확실하게 심어 주었다. 이러한 정신교육은 세밀하고도 정교하게 진행되었다.

체계적인 정신교육은 백성들의 생각을 크게 바꿔 놓았다. 특히 외골수로 성리학 사상에만 빠져 있던 조선의 지식인들에게 깊은 고뇌를 안겨 주었다.

그만큼 정신교육은 큰 반향을 불러일으켰다. 그런 반향은 다행히도 개혁에 좋은 방향으로 흘러가고 있었다.

이렇게 조선이 들끓고 있을 무렵.

일본의 사정은 조금 달랐다.

야마가타 아리토모는 몇 명의 인사들과 함께 도쿄 어소 앞의 대연병장에 나와 있었다.

"전체 차렷! 육군경 각하께 대하여 경례!"

대대 병력이 일제히 거수경례를 했다. 야마가타 아리토모는 도열해 있는 병력을 죽 훑어보고서 손을 올렸다.

"바로! 모두 열중쉬어!"

대대 병력이 나름대로 절도 있게 움직였다.

"지금부터 각하의 훈시가 있겠다."

야마가타 아리토모가 입을 열었다.

"제군들은 도쿄진대 제1보병연대 제1대대 병력이다. 도쿄진대는 천황 폐하의 근위대로 목숨을 걸고 폐하와 나라를 지켜야 한다."

일본은 명치유신 이후 프랑스군의 편제를 차용했다. 그렇게 해서 탄생한 육군의 편성 단위인 진대(鎭台)는 지금의 사단급이다.

1871년 4개의 진대로 출범한 육군은 1873년 6개 진대 체재를 구축했다. 나고야진대, 히로시마진대, 오사카진대, 도쿄진대, 구마모토진대, 센다이진대가 그것이다.

야마가타 아리토모의 훈시는 한동안 이어졌다. 훈시를 끝낸 그는 말을 타고 병력을 둘러보는 것으로 사열을 끝냈다.

사열을 마친 야마가타 아리토모가 함께 온 인사들과 본부 건물로 들어갔다. 대대장의 영접을 받고 안으로 들어간 그는 주인처럼 자리를 권했다.

"모두들 자리에 앉으시지요."

이토 히로부미가 고개를 숙였다.

"고맙소이다."

"해군경께서도 이리 앉으시지요."

가쓰 가이슈가 목례했다.

"고맙습니다."

이어서 대마도협상을 주도했던 하나부사 요시모토도 자리를 권했다. 모두가 자리에 앉자 야마가타가 자리에 앉으며 확인했다.

"1대대 병력을 보신 소감이 어떻습니까?"

이토 히로부미가 극찬했다.

"최고입니다. 저 정도 정병이라면 서양의 어느 군대와 싸워도 밀리지 않을 것입니다."

야마가타 아리토모가 크게 웃었다.

"하하! 감사합니다."

하나부사도 동조했다.

"소인이 독일군과 러시아군을 직접 봤지만 이 정도의 정병은 아니었습니다."

"오! 그래요?"

이어서 가쓰 가이슈도 칭찬을 했다. 그러던 그가 길게 한숨을 내쉬었다.

"후! 우리 해군은 병력이 완충되지 않아 걱정입니다. 그런데 육군도 병력 충원이 상당히 어렵다고 들었습니다."

야마가타의 안색이 흐려졌다.

"예, 그게 문제입니다. 6개 진대의 정규 편성 병력은 43,229명이고 말은 2,858필입니다. 이 중 상비군은 31,100명이고요. 헌데 지금의 병력은 2만여 명에 불과해서 문제가 됩니다."

하나부사가 건의했다.

"각하, 병력 충원이 어려우면 사무라이들이라도 징병을 하시지요. 지금처럼 평민만 징병해서는 충원하기가 쉽지 않을 것 같습니다."

야마가타 아리토모가 고개를 저었다.

"그럴 수는 없습니다. 몇 년 전 사이고 다카모리 육군대장이 낙향하게 된 원인이 사무라이들의 등용 문제로 인한 갈등이었습니다. 그때 우리가 사무라이를 등용하지 않겠다고 결정한 이유가 무엇이었습니까?"

이토 히로부미가 바로 대답했다.

"더 이상 사무라이들의 기득권을 유지시켜 주면 안 된다는 것이었습니다."

"그렇습니다. 사무라이들을 다시 등용한다면 우리는 개혁에 실패해 과거로 다시 돌아가야 합니다. 그러면 폐도령에 이어 사무라이의 녹봉을 주지 않는 질록처분(秩祿處分)까지 결정한 내각 방침에 정면으로 위배됩니다."

이토가 동조했다.

"맞는 말입니다. 사무라이를 재임용하면 역사는 후퇴할 수밖에 없습니다. 조금 늦더라도 평민들을 대상으로 징병을 해야 합니다."

하나부사가 우려했다.

"그러다 시간을 놓치지 않을까 걱정입니다."

가쓰 가이슈가 물었다.

"야마가타 각하! 2만 명의 육군만으로도 충분히 조선을 제압할 수 있지 않겠습니까?"

"충분히 가능합니다. 헌데 문제는 조선을 돕고 있는 서양 제국이 어디인지를 찾아낼 수 없다는 점입니다. 만일 조선을 돕고 있는 나라만 없다면 해군의 도움을 받아 당장이라도 출병할 수 있습니다."

야마가타의 말을 들은 가쓰 가이슈가 의외의 발언을 했다.

"구태여 지금 이 시점에서 조선의 뒷배를 봐주는 서양 제국을 찾아낼 필요가 있을까요?"

야마가타 아리토모의 눈이 커졌다.

"지금 무슨 말씀을 하시는 겁니까? 우리가 조선의 뒷배를 찾지 않으면 어떻게 조선을 공략한다는 말입니까?"

가쓰 가이슈가 고개를 저었다.

2장

"제 생각은 다릅니다. 지난 몇 개월간 우리는 많은 노력을 기울여 왔습니다. 그럼에도 조선을 돕고 있는 나라가 어디인지 알아내지 못했습니다. 저는 이걸 거꾸로 생각해 봤습니다. 혹시 조선을 도왔던 것이 일과성이 아니었을까 하고요."

새로운 접근이었다. 야마가타 아리토모가 대번에 관심을 보였다.

"한 번만 도와주고 끝냈다는 말입니까?"

"그렇지 않고서야 어떻게 우리가 찾지 못하겠습니까? 각하께서도 아시겠지만 조선을 군사력으로 도와줄 정도의 나라는 서양에도 많지 않습니다. 아니, 있어도 조선에 관심이 있는 나라는 별로 없고요."

"그 말은 맞습니다. 대부분의 서양 제국은 우리를 도와주면 주었지 조선을 도와주지는 않을 겁니다."

"예, 가장 의심이 가는 나라는 러시아입니다. 러시아는 부동항을 갖는 게 꿈이니까요."

하나부사가 반대 의견을 냈다.

"러시아는 절대 아닙니다. 러시아는 우리와의 영토 협상 타결에 큰 만족감을 드러냈었습니다. 그런 러시아가 조선을 도와줄 리 만무합니다. 그리고 지금의 러시아는 내정 문제로 바깥을 둘러볼 겨를이 없습니다."

야마가타 아리토모가 침음했다.

"으음! 말씀들을 듣고 보니 뭔가 이상하군요. 우리가 존재하지 않는 나라를 찾고 있었던 것 같다는 느낌이 드는군요."

가쓰 가이슈가 제안했다.

"저는 이제 더 이상 조선의 뒷배를 찾지 않았으면 합니다. 그 대신 육군도 지금의 병력을 최대한 훈련시키십시오. 그리고 우리 해군도 함정을 최대한 모아서 조련한 뒤 조선 점령을 도모하는 것이 좋을 듯합니다."

"지금의 병력만으로 조선 점령을 도모하자고요?"

"그렇습니다. 서양 제국만 없다면 조선은 2개 대대만으로도 점령이 가능한 나라입니다. 그런 나라에 2만의 육군 정병과 우리 해군이 합심한다면 부산뿐만 아니라 전토도 점령이 가능하지 않겠습니까?"

이토 히로부미가 반대했다.

"조선 전토 함락은 실익이 없습니다. 조선이 아무리 병력이 약하다고 해도 의병이 봉기하면 큰 문제가 됩니다. 그러니 지금으로선 부산 일대만 점령하는 것이 훨씬 효과적입니다."

하나부사도 동조했다.

"저도 그게 좋다고 생각합니다. 우선은 부산 일대만 점령한 뒤에 조선과 배상 및 수교 협상을 진행하는 겁니다. 그래서 조선이 굴복하면 물러나고, 굴복하지 않으면 추가로 병력을 파견해 밀고 올라가면 됩니다."

"으음!"

야마가타는 바로 결정을 못 했다. 그 모습을 본 이토 히로부미가 권유했다.

"육군은 병력이 부족합니다. 그러니 기존 병력을 훈련시키면서 평민을 상대로 징병하시지요. 그러면 병력을 충원하면서도 내실을 기할 수도 있지 않겠습니까?"

야마가타가 바로 동조했다.

"좋습니다. 그렇게 하지요."

가쓰 가이슈가 아쉬워했다.

"영국에 의뢰했던 함정을 좀 더 일찍 주문했으면 좋았을 것을요. 그러면 이번에 거행될 조선 공략의 선봉에 그 함정을 세울 수 있었을 터인데 말입니다."

이토 히로부미가 위로했다.

"아쉬워도 어쩔 수 없지요. 지금 당장 중요한 것은 병력 수송입니다. 그러니 해군경께서는 최대한 서양과 협력해서 많은 병선을 구입해 주십시오."

가슈 가이슈가 결의를 다졌다.

"알겠습니다. 병선이 없으면 수송선이라도 대량으로 구매를 하겠습니다."

"그렇게 합시다. 필요한 재원은 제가 내무경 각하께 건의드려 마련하겠습니다."

"잘 부탁드립니다."

일본은 조선 공략을 위해 대대적인 징병과 함정 확보가 결정되었다. 일본의 징병은 사무라이를 제외한 평민들만 징병하게 되었다.

일본은 명치유신과 함께 중앙집권화에 성공은 했다. 그러나 천 년을 넘게 이어 온 지방분권의 그림자는 단 몇 년 만에 없어질 성질이 아니었다.

더구나 지방 권력을 장악하고 있던 향사(鄕士)들이 문제였다. 이들은 직접 권력은 없어졌으나 아직도 나름의 입지가 강했다.

향사들은 관리나 무관이 되지 못한 것에 대해 대단한 불만을 갖고 있었다. 그런 향사들의 입김으로 지방에서는 제대로 된 징병이 어려웠다.

그래서 징병은 에도막부의 직할령을 중심으로 이뤄지고

있었다. 그로 인해 일본의 징병은 속도도 늦을뿐더러 충원도 쉽지 않았다.

그러나 조선의 상황은 전혀 달랐다.

3월 초.

아직 동계훈련이 끝나기 전이었다.

조선 전역에 왕명으로 징병에 관한 포고령이 내려졌다. 징병제는 반상 귀천을 가리지 않고 모든 백성을 대상으로 실시되었다.

이때 노비를 대상으로 한 징병이 최초로 실시되었다.

조선은 지금까지 노비를 군역을 담당하는 장정으로 취급하지 않았다. 그런데 이번에 처음으로 노비에게도 군역이 부과된 것이다.

특혜도 있었다. 군역을 필한 노비는 이유 여하를 막론하고 해방시키기로 했다.

노비해방의 단초가 열린 것이다.

이런 포고가 나왔음에도 별다른 문제제기가 없었다. 사람들이 노비제도가 머잖아 폐지될 거란 사실을 알고 있었기 때문이다.

일부 양반들의 반발이 없지는 않았다. 그러나 체계적으로 진행되고 있는 개혁의 수레바퀴를 누구도 감히 막아서지 못했다.

그렇게 조선의 징병제가 도입되었다.

"전체 차렷! 뒤로 돌아. 우로 돌아……."

"하나둘."

"자! 따라 합니다. 아버지, 어머니……."

"아버지, 어머니."

훈련의 처음은 당연히 제식이었다.

제식은 모든 군사훈련의 시작이다. 제식으로 군인의 자세가 나오며 민간인과 구분되기 때문이다.

훈련병들은 이미 겨울 훈련을 통해 제식훈련을 받아 왔다. 그런 경험 덕분에 능숙하게 교관의 지휘에 따랐다.

한글 교육도 병행되었다.

겨울 훈련에서도 한글 교육은 실시되었다. 그래서인지 병사들은 교사들의 인도에 따라 쉽게 한글을 읽고 썼다.

한글 교육은 교육대학생들이 전담했다. 이들은 교생실습을 겸해 병사들을 교육시키고 있었다.

한 달의 기초훈련은 누구나 받았다.

기초훈련을 수료하면 현역과 대체복무자 그리고 지역방위군이 결정된다. 현역병은 다시 한 달하고도 보름간의 교육을 받고서 주특기가 결정된다.

대체복무자들은 귀가해서는 각종 공사 현장이나 군수공장 등으로 배치되었다. 지역방위군은 각 지역의 관청으로 배치되어 군무, 경비, 소방 등의 업무를 맡았다.

이러면서 지방행정도 크게 변했다.

징병제가 실시되고 두 달이 지난 5월.

경복궁 별궁의 편전으로 10여 명이 모였다. 이들은 대원군과 수상 홍순목, 그리고 군 지휘부들이었다.

징병과 함께 군제도 전면 개편했다.

육군은 총사령관을 정점으로 1, 2, 3군이 편제되었다. 이어서 수도를 방어하는 수도방어사령부와 해병대, 그리고 특전대가 편성되었다.

수군은 총사령관을 정점으로 1, 2, 3함대가 편성되었으며, 마군으로만 이뤄진 제7기동함대가 별도 조직으로 남았다.

공군도 창립되었다.

공군은 백령도의 항공작전전투단이 중심이 되었다. 다만 숫자가 적은 관계로 우선은 새로운 비행기를 날릴 수 있도록 엔진 개발에 주력하기로 했다.

병력도 많이 분산되었다.

마군의 영관급 장교들이 각 사단의 연대장과 대대장에 보임되었다. 아울러 각 군의 참모부로도 대거 진출하면서 전술 전략 수립을 전담했다.

부사관 출신 장교들은 군수 조직으로 대거 진출했다. 아울러 기무부대 출신들이 보안조직을 전담하면서 군의 핵심 대부분을 마군이 장악했다.

대부분의 해병대 위관들은 해병대에 남기를 원했다. 조직

경력도 짧고 사회 경험도 미숙해 자칫 큰 실수를 할 수 있다는 우려 때문이다. 덕분에 해병대는 최강의 병력과 자원을 보유하게 되었다.

국왕이 환대했다.

"군부 요인들이 이렇게 모두 모인 것이 이번이 처음이네요. 그동안 잘들 계셨는지요?"

손인석이 고개를 숙였다.

"전하의 성려 덕분에 저희들은 무탈하게 지내고 있습니다."

홍순목도 웃으며 화답했다.

"군 지휘부와 함께하니 그 자체로 든든합니다."

"하하하! 감사한 말씀이네요."

대원군이 나섰다.

"오늘 여러분을 모시게 된 것은 군의 실무에 대해 논의하기 위함입니다. 먼저 이 특보의 설명부터 들으시지요."

대진이 서류를 나눠 주었다.

나눠 준 서류의 전면에는 '특급 기밀'이란 도장이 찍혀 있었다. 참석자들이 서류를 펼치는 동안 대진의 설명이 시작되었다.

"지금 나눠 드린 서류는 징병과 모병 현황에 관한 내용으로 특급 기밀입니다. 그러니 회의 중에 읽어 보고 돌려주시기 바랍니다."

대진이 서류를 넘겼다.

"먼저 입영 현황입니다. 3월부터 시작된 징병은 관리 인력이 부족해 잠시 혼란스러웠습니다. 다행히 4월부터 지역방위군이 군무(軍務)에 투입되면서 빠르게 안정을 찾아가고 있습니다."

이어서 훈련소 현황을 보고했다.

"훈련소 현황입니다. 육군은 논산과 평양의 종합훈련소 두 곳과 각 도에 한 곳씩을 설치했습니다. 수군은 경상도 진해와 함경도 청진에 한 곳씩 설치되었습니다. 해병대는 포항에, 특전대는 개마고원에 훈련소를 설치했습니다."

대진이 잠깐 말을 끊었다.

"그리고 공군은, 대전에 사병을 위한 훈련소를 설치했으며, 초급무관은 울릉도와 거문도에 설치되어 있습니다."

이장렴이 손을 들었다. 이장렴은 육군대장으로, 조선군의 1군 사령관을 맡고 있었다.

"공군은 우리 군의 최후 보루라고 해도 과언이 아닙니다. 그런 공군의 훈련소가 한쪽에 치우쳐 있다는 점은 문제가 됩니다. 두 곳이 마군의 주둔지라는 것은 알겠는데 관리를 위해서라도 제주에다 훈련소를 설치하는 게 좋지 않겠습니까?"

손인석이 즉각 동조했다.

그는 이번 징병제 실시와 함께 원수로 승진하면서 조선군 총사령관에 임명되었다.

"1군 사령관의 지적에 동의합니다. 지금은 특성상 공군이 마군 함대와 함께하지만 길게 보면 독립해야 합니다. 그리고 엔진 개발을 위해서라도 육상에다 본거지를 마련하는 게 옳다고 생각합니다."

공군 사령관 남우식이 즉각 대답했다.

"두 분 지적이 맞습니다. 지금은 임시여서 제대로 된 본거지가 필요합니다. 제주도가 되었든 어디가 되었든 최적의 장소를 불원간 결정하겠습니다."

대진의 설명이 이어졌다.

"지금까지 매월 훈련받는 숫자가 10만 내외입니다. 미리 준비했다고는 하나 훈련 시설이 크게 부족합니다. 그래서 대체 군무 인력을 대거 차출해서 훈련 시설을 확충하는 중입니다."

대진의 설명은 한동안 이어졌다.

그때 설명을 듣던 신헌(申櫶)이 손을 들었다. 신헌은 대원군의 적극적인 지지를 받아 3군 사령관이 된 노장군이었다.

"그렇다고 해도 이 상태로는 대기 인원의 숫자가 쉽게 줄어들지 않을 것 같습니다. 그래서 제안을 드리는데, 앞으로 창설되는 예비사단을 적극 활용했으면 합니다. 그 예비사단에서 대체복무자와 지역방위군 자원을 별도로 훈련시킨다면 지금과 같은 상황이 크게 개선될 것입니다."

대진이 깜짝 놀랐다.

"참으로 대단하십니다. 3군 사령관님께서 제안하신 방안은 저희가 생각하고 있는 계획과 딱 맞아떨어집니다."

신헌의 어깨가 으쓱 올라갔다.

"허허! 그런가?"

"모두 아시는 대로 8도에는 예비사단이 창설됩니다. 그렇게 창설된 예비사단은 지역방위군이 중심이 되어 각 도를 방어하게 됩니다. 저희들 계획은 그 사단이 창설되면 현역의 일부와 지역방위군, 그리고 대체인력 훈련을 전담시킬 예정입니다."

누군가 손을 들었다.

2군 사령관 양헌수였다.

양헌수는 병인양요의 영웅이다.

화서 이항로의 제자이며 최익현의 친구인 그는 본래 골수 척화파였다. 더구나 병인양요를 겪으면서 수많은 피를 직접 경험한 뒤로 그에게 양이(洋夷)는 반드시 물리쳐야 할 척결의 대상이었다.

그런 그가 적극적인 개혁파로 변신하게 된 것은 전적으로 동영상 교육 덕분이었다.

그는 마군이 처음 입성했을 때만 해도 개혁에 비판적이었다. 비록 대원군의 절대적인 지지를 받고 있던 터라 속내를 드러내지는 않았지만, 개화파로 변신한 대원군의 행태에 불만을 품고 있었다.

그러다 동영상 교육이 시작되면서 달라졌다.

세상에 없던 동영상이란 기물도 놀라웠지만, 그것이 보여 주는 것은 가치관이 흔들릴 정도의 충격을 주었다.

지금까지 그에게 성리학은 절대 무너지지 않는 불변의 진리였다. 그런데 동영상을 시청하면서 자신이 바라보고 있는 세상이 전부가 아니란 사실을 깨닫게 된 것이다.

처음에는 부정하려 했다.

그러나 아니라고 생각할수록 동영상의 내용이 머릿속을 헤집었다.

그래서 이겨 내려고 누구보다 더 많이 동영상을 시청했다. 필요하면 대진을 비롯해 용산까지 찾아가 조언을 구했다.

그렇게 열심이었기에, 결국 그는 개혁 개방이 최선이란 사실에 공감하지 않을 수가 없었다.

물론 성리학을 버린 것은 결코 아니다. 그러나 몇 년이 지난 지금은 옳고 그름을 취사선택할 정도의 가치관을 갖게 되었다.

양헌수가 입을 열었다.

"보고에 따르면 인구조사에서 누락된 사람들이 다수 지원한다고 합니다. 그렇다는 건 지난번의 인구조사가 미비했다는 의미이니 지역방위군이 배치된 지금 인구조사를 다시 해 봐야 하지 않겠습니까?"

대원군이 적극 동조했다.

"옳은 지적이오. 지난번의 인구조사는 지방행정을 개편하면서 급조한 점이 없지 않소이다. 내 생각에는 차제에 부보상까지 적극 활용해서 대대적인 인구조사를 다시 실시하는 게 좋을 듯합니다."

국왕도 크게 반겼다.

"부보상이 도와주면 인구조사에 큰 도움이 될 것입니다. 더구나 지역방위군까지 각 고을에 배치된 상황이어서 이번 만큼은 확실한 숫자가 파악될 것이옵니다."

개혁이 시작될 때까지만 해도 국왕과 대원군의 사이는 좋지 않았다. 그러나 시간이 지날수록 각자의 진심이 통했는지 이제는 부자의 의견이 달라지는 경우가 거의 없었다.

손인석이 웃으며 그 점을 지적했다.

"두 분께서 이렇게 의견이 같으시니 누가 조선의 미래를 가로막겠습니까?"

국왕이 크게 웃었다.

"하하하! 이 모두가 마군 덕분입니다. 만일 마군이 오지 않았다면 과인은 아직도 미몽에서 빠져나오지 못했을 겁니다."

대원군도 동의했다.

"옳은 말이오. 그때 마군이 정확히 맥을 짚어 주지 않았다면 지금은 나라에 혼란이 극에 달해 있을 겁니다. 아울러 척족이 판을 치는 세도가 횡행했을 것이고요."

그 말에 홍순목이 떨리는 목소리로 말했다.

"그랬다면 우리 조선은 또다시 나락으로 떨어졌을 겁니다. 다행히 주상 전하와 국태공 저하께서 바로 서 주신 덕분에 이렇게 옛일을 입에 담을 수 있게 되었습니다."

국왕도 부인하지 않았다.

"감읍하고 또 감읍할 일이지요."

대원군이 정리했다.

"분위기가 갑자기 이상하게 흐릅니다. 지금은 일본과의
전쟁을 목전에 둔 상황입니다. 그러니 소회는 일본을 척결하
고 난 뒤에 밝히도록 합시다."

"예, 알겠습니다."

"이 특보, 설명을 계속하게."

"예, 저하."

대진의 설명은 수군으로 이어졌다.

수군 총사령관은 공조판서와 형조판서 출신의 이재봉(李載鳳)
이었다. 이재봉은 무과 출신으로 삼도수군통제사를 임했다.

조선 수군은 임란 이후 발전이 없었다. 보유한 함정도 판
옥선과 거북선이 고작이었으며 함포도 거의 변화가 없었다.

더구나 수군은 천역으로 여겨질 정도여서 제대로 된 양성
은 생각조차 못 했다. 그러다 보니 나포한 함정을 몰 수 있는
무관조차 제대로 찾지 못할 지경이었다.

그래서 처음부터 마군이 각 함의 함장을 맡았다. 그리고
새롭게 창설된 함대의 사령관도 전부 마군 출신이었다.

그러나 총사령관만은 상징적인 의미로 삼도수군통제사 출
신인 이재봉이 맡았다.

대원군이 그를 돌아보며 확인했다.

"수군은 별문제가 없습니까?"

"마군 출신들이 함대사령관을 맡고 있어서 큰 문제는 없습니다. 단지 함대모항의 건설이 조금 지체되고 있는 것이 문제이기는 합니다."

국왕이 확인했다.

"이 사령관, 각 함대의 모항은 어디이지요?"

"동해를 맡고 있는 1함대는 삼척입니다. 그리고 남해를 맡고 있는 2함대는 통영이고, 황해를 담당하고 있는 3함대는 교동도입니다. 그리고 마군의 제7기동함대의 모항은 거문도이며 울릉도에 분 함대가 있사옵니다."

"1, 2, 3함대는 기존의 포구를 활용하겠네요. 그 포구를 좀 더 확장하면 되지 않습니까?"

이재봉이 고개를 저었다.

"안타깝지만 그렇지 않사옵니다. 기존의 포구는 판옥선이 몇 척 정박하는 정도에 불과합니다. 그런 포구로는 새롭게 창설한 함대를 정박시킬 수조차 없사옵니다. 그리고 통영은 지리적 여건으로 대규모 함대가 정박하기 어려운 문제가 있사옵니다. 더구나 일본과의 해전이 벌어졌을 때 즉각 응전하기도 쉽지가 않고요. 그래서 거제도 옥포에 모항을 새로 건설하는 중입니다."

"새로운 항구를 건설하려면 인력이 많이 필요하겠는데 어떻게, 충원하는 데엔 문제가 없나요?"

"일본인 포로들을 적극 활용하는 중입니다. 그래서 인력 수급에 큰 어려움은 없사옵니다."

국왕이 놀랐다.

"일본인 포로가 그렇게나 많습니까?"

"초량왜관과 일본 함대에서 잡아들인 포로만 1,000명이 넘습니다. 여기에 울릉도에서 넘어온 포로가 1,000명 가까이 됩니다."

"2,000여 명이나 된다고요? 그 정도면 웬만한 작업은 충당할 수 있겠군요."

"그렇사옵니다. 거기다 증기기관이 장착된 거중기가 큰 몫을 하고 있사옵니다."

"오! 그래요?"

대진의 설명이 이어졌다.

"지금까지 일본 함대, 그리고 사략작전으로 나포한 전함과 수송함이 20여 척 됩니다. 판옥선 등도 수십여 척이 되고요. 이 중 5척은 대한무역에서 무역선으로 활용하고 있고 나머지는 3개 함대와 해병대에 고르게 배정했사옵니다."

대원군이 궁금해했다.

"일본 함정은 그렇다고 해도 미국 함정은 개장하는 데 시간이 좀 더 필요하지 않은가?"

"미국 함대를 나포한 지 2년여가 되어 갑니다. 그동안 외부 개장은 돛을 제거하는 등, 거의 끝마친 상황입니다. 아직 증기기관 등 내부는 손댈 곳이 많지만 운행하는 데에는 지장이 없는 상황입니다."

이재봉이 부언했다.

"함정은 이미 각 함대로 배정을 마쳤습니다. 그리고 개장이 덜 된 함정만 따로 거문도로 들어가 손보고 있는 상황입니다."

국왕이 질문했다.

"이 특보, 모든 군의 편성을 마치면 얼마의 병력을 보유하게 되나?"

"육군 병력은 상비군 30만과 예비군 200만입니다. 여기에 수군 5만, 공군 1만, 해병대 10만, 특전대 2만이 우리가 계획하는 편성입니다."

국왕이 고개를 갸웃했다.

"상비군 30만이면 너무 적은 숫자가 아닌가?"

"그렇지 않습니다. 상비군 30만은 대략 30개 사단입니다. 이 정도 병력을 유지하는 데에도 엄청난 군비가 들어갑니다. 그리고 더 이상의 상비군은 비효율적입니다."

손인석이 부언했다.

"예비군 200만은 언제든지 전력화할 수 있는 자원입니다. 그래서 상비군을 적게 운용해도 전혀 문제가 되지 않습니다."

"그렇군요. 그리고 손 원수님."

"예, 전하."

"과인이 조선의 함대를 직접 보고 싶은데 가능합니까?"

"가능합니다."

국왕이 반색했다.

"오! 그래요?"

"군주께서 자국 함대를 둘러보고 싶은 건 인지상정입니다. 기왕이면 국태공 저하까지 모시고 관함식을 거행하는 게 어떻겠습니까?"

"관함식이요?"

"그렇습니다. 관함식(觀艦式)은 국가원수나 그에 준하는 귀빈이 자국의 함대를 친히 관람하는 의식을 말합니다."

그 말에 국왕이 큰 관심을 보였다.

"그러면 마군의 함대도 같이 볼 수 있는 겁니까?"

손인석이 주의를 주었다.

"아무리 조심한다고 해도 보는 사람이 많아지면 어디서 무슨 소리가 나올지 모릅니다. 그러니 제7기동함대를 둘러보시려면 주상 전하와 국태공 저하, 그리고 여기 있는 최고 지휘관만이 가능합니다."

국왕이 대원군을 바라봤다.

"아버지, 소자와 함께 관함식에 참석해 보시겠습니까?"

대원군도 동의했다.

"좋습니다. 나도 우리 조선의 함대를 꼭 한 번 둘러보고 싶군요. 아울러 마군의 제7기동함대도요."

손인석이 지휘관들을 둘러봤다.

"여기에 계신 분들도 참석하시겠는지요."

국방대신 이경하가 반색했다.

"그래도 되겠습니까? 마군의 제7기동함대는 특급 기밀 대상이지 않습니까? 그래서 지금까지 단 한 번도 세상에 드러내지 않고 있고요. 그런 마군의 함대를 우리가 둘러봐도 되겠습니까?"

"물론이지요. 다른 분들도 아닌 조선의 최고 도자와 지휘관 들입니다. 그런 분들에게까지 숨길 필요는 없지요. 그러나 말이 돌지 않도록 조심은 해 주셔야 합니다."

"당연히 그래야지요."

장병익 해병사령관이 건의했다.

"그러면 마군 병력만의 해병 상륙작전도 함께 보여 드리는 건 어떻겠습니까?"

국왕의 눈이 커졌다.

"오! 그렇게까지 해도 됩니까?"

손인석이 웃으며 동의했다.

"하하하! 당연히 됩니다. 기왕이면 육해공 입체 상륙작전을 보여 드리겠습니다. 그것을 보면 우리 마군의 전투력이 얼마나 대단한지를 한 번에 알아보실 수 있을 겁니다."

장병익의 추가 제안이 이어졌다.

"총사령관님, 나포한 함정 중 효율이 떨어지는 함정을 대상으로 한 포격전도 함께 진행하시지요. 표적함을 상대로 한 함포 포격을 보면 더 확실하게 전투력을 알게 될 것입니다."

포격전이란 말에 지휘관들의 눈이 빛났다. 손인석이 흔쾌히 이 제안에 동의했다.

"그렇게 하세."

국왕은 크게 기뻐했다.

"하하하! 참으로 다행입니다. 이번에 과인이 평생에 남을 행사를 참관하게 되었습니다. 모쪼록 일이 무사히 진행되도록 신경을 써 주세요."

손인석이 고개를 숙였다.

"조선 최초의 관함식입니다. 그런 취지에 맞게 안전사고가 일어나지 않도록 각별한 주의를 기울이도록 하겠습니다."

"잘 부탁합니다."

흡족한 표정을 짓던 국왕이 뭔가를 생각했다. 그리고 주저하는 기색으로 대원군에게 청을 했다.

"아버지, 이번 관함식에 중전도 참여하는 건 어떻게 생각하시는지요?"

의외의 제안에 모두들 깜짝 놀랐다.

대원군이 대번에 부정적 의견을 냈다.

"바다에서 치러지는 행사입니다. 그런 행사에 중전이 참여할 수는 없는 일입니다."

아직도 미신이 횡행하는 세상이었다. 그런 세상에서 여자가 배를 타는 일은 금기시되어 있었다.

국왕이 아쉬워했다.

"여자가 배를 타는 일은 경우에 어긋나는 것이기는 합니다. 허나 중전이 우리의 군사력을 직접 보면 여러모로 좋지 않겠사옵니까?"

"으음!"

대원군이 침음했다. 그런 대원군의 머릿속에서는 왕비를 대동하는 데 따른 정치적 득실이 복잡하게 얽혀지고 있었다.

홍순목도 부정적 의견을 냈다.

"전하의 생각을 모르는 바는 아닙니다. 그러나 바다에서는 금기시하는 일이 한둘이 아닙니다. 여인이 배를 탄다는 것은 더 그러하고요. 더욱이 중전마마께서 움직이면 많은 상궁나인들이 함께해야 하는 문제까지 있사옵니다."

그것은 국왕도 우려하던 부분이었다. 그렇다 보니 아쉬운 표정이 역력했음에도 쉽게 말을 더하지 못했다.

이때 대진이 나섰다.

"전하! 이렇게 하는 건 어떻겠습니까?"

모두의 시선이 대진에게 쏠렸다.

"저의 제안이 궁중 법도에 맞는지는 모르겠습니다. 허나 전하의 말씀대로 중전마마를 모시는 것도 상당히 의미 있는 일인 것 같아 말씀을 드려 보려고 합니다."

국왕이 큰 관심을 보였다.

"좋은 혜안이 있으면 어서 말씀을 해 보세요."

"예, 전하. 기록에 따르면 낭자군(娘子軍)이 있다는 것을 본 적이 있습니다. 그래도 된다면 중전마마께서도 융복으로 변복하셔서 전하와 동행하시는 겁니다. 상궁나인도 낭자군처럼 군복을 입고서 참석하면 되고요."

국왕이 크게 반겼다.

"하하! 역시 이 특보입니다. 낭자군이라, 참으로 좋은 방안이군요. 중전께서도 우리 함대와 마군 함대를 보고 싶어 할 테니 분명 남장을 하고서라도 동참할 것입니다."

국왕이 적극 나섰다. 처음과 달리 머릿속으로 계산을 마친 대원군도 선선히 승낙을 했다.

"그게 좋겠습니다. 중전께서도 우리의 군사력을 보면 많이 좋아하실 겁니다."

이렇게 나오니 더 이상의 반대는 없었다. 소식은 대조전으로 전해졌으며 중전도 크게 반겼다.

일은 일사천리로 진행되었다.

그리고 한 달 후.

국왕이 별궁 편전에서 왕비를 기다렸다. 왕비는 약속 시간에 맞춰 편전에 도착했으며 그런 왕비는 국왕과 같은 융복(戎服) 차림이었다.

국왕이 환하게 웃었다.

"하하하! 중전께서 융복을 입고 계시니 헌헌대장부이십니다."

왕비의 얼굴이 붉어졌다.

"보기 싫지는 않으십니까?"

"보기 싫다니요. 방금 과인이 헌헌대장부라고 하지 않았습니까?"

"추해 보이지 않는다니 다행이옵니다."

국왕이 왕비를 상궁과 나인을 둘러봤다. 그녀들도 모두 직책에 맞게 융복과 군복을 입고 있었다.

"오오! 상궁나인들의 모습도 아주 잘 어울리는구나."

흡족해하던 국왕이 나섰다.

"가십시다."

"예, 전하."

국왕 부부가 1층으로 내려오니 마차가 대기하고 있었다. 조선의 국왕은 이동할 때 수십 명이 지는 거대한 연(輦)을 탄다.

이렇듯 거대한 연은 지금까지는 왕권의 상징과도 같았다. 그러나 개혁이 시작되고 인권이 부각되면서 연이 마차로 바뀌었다.

조선에서 마차보다 연이나 가마가 사용된 이유가 있었다.

조선은 외적의 침입을 막기 위해 일부러 도로를 넓히지 않았다. 그 바람에 마차가 다닐 수 있는 길은 도심을 제외하고는 거의 없었다.

더구나 마차는 반동이 심해 타고 있는 사람이 멀미할 정도로 불편했다.

물론 가마나 연도 울렁이기는 한다. 그러나 가마꾼들이 보조를 맞추면 의외로 가마가 편했다.

그러다 마군이 오면서 달라졌다.

마군은 마차에 현가장치(懸架裝置)를 달았다.

그로 인해 노면의 진동이 마차 내부로 직접 전달되지 않게 되면서 마차의 승용감이 가마보다 월등히 좋아졌다.

거기에 마차가 부의 상징으로 인식되면서 급속히 가마와 연을 대체해 나갔다.

왕실 전용 마차는 4마리의 말이 끌었다.

마차의 외양은 금박으로 화려하게 장식되어 있었으며 내부 또한 더없이 편안했다. 덕분에 국왕 부부는 용산까지 편안하게 이동할 수 있었다.

"어서 오십시오, 두 분 전하."

손인석이 기다리고 있다가 인사했다. 그런 손인석의 주변에는 대원군을 비롯한 군 지휘관들이 대기하고 있었다.

국왕이 대원군에게 인사했다.

"아버지께서 벌써 와 계셨네요."

왕비도 깊게 몸을 숙였다.

"아버님을 뵙사옵니다."

"허허! 두 분, 어서들 오세요."

"많이 기다리셨습니까?"

"아니요. 나도 온 지 얼마 되지 않소이다."

손인석이 나섰다.

"두 분이 함께 용산에 오신 것이 처음입니다. 그러니 우선 병영부터 안내를 하겠습니다."

"예, 부탁합니다."

손인석의 손짓에 마차 몇 대가 다가왔다. 이 마차는 다른 마차와 달리 지붕이 없어서 주변을 둘러보기 좋았다.

"오르시지요. 제가 직접 안내를 하겠습니다."

"그러십시다."

국왕 부부가 타자 손인석이 뒤이어 올라타 마주 앉았다. 그리고 다른 마차에는 대원군 등이 분승했다.

마차가 천천히 움직였다.

손인석은 국왕 부부에게 병영의 이곳저곳을 상세히 설명했다.

용산의 병영은 처음보다 몇 배나 확장되어 있었다. 그렇다 보니 둘러볼 곳이 상당히 많았다.

국왕도 그렇지만 왕비가 병영 규모에 많이 놀랐다.

"규모가 대단하네요. 이곳에는 얼마나 많은 병력이 주둔하고 있나요?"

"처음에는 마군의 병영으로만 사용되었습니다. 그러다 수도방어사령부가 들어오면서 병영이 대폭 확장되었고요. 그래서 지금은 1만 명이 넘는 병력이 주둔하고 있습니다."

왕비가 놀랐다.

"아! 수도방어사령부가 이곳에 있었군요."

"예, 그렇습니다."

"나는 한양에 있는 부대만 수방사의 병력인 줄 알았습니다."

"한양을 방어하는 수방사의 병력은 1개 사단과 2개 여단으로 구성되어 있습니다. 한양에 주둔하고 있는 병력은 수방사의 여단 병력입니다. 북한산에는 별도로 특전여단이 주둔해 있고요."

"그렇군요."

왕비는 병영 경험이 처음이었다. 그래서 소소한 것까지 신기하고 놀라워서 질문도 그만큼 많았다.

손인석도 그런 왕비의 질문에 차분하고 상세하게 대답해 주었다.

병영을 둘러보던 왕비가 크게 놀랐다.

"아니, 저게 대체 무슨 물건입니까?"

손인석이 설명했다.

"저것은 장갑차라고 합니다."

이러면서 장갑차에 대해 설명해 주었다. 그럼에도 불구하고 왕비는 거의 이해하지 못했다.

손인석이 양해를 구했다.

"처음 보신 물건이어서 이해하기가 어려우실 겁니다. 그

러나 납득이 되도록 설명해 드리려면 시간이 많이 걸릴 것이
니 다음에 기회를 다시 갖도록 하겠습니다."

왕비는 아쉬웠다. 그러나 오늘의 남은 일정상 손인석의 말
을 거부할 수는 없는 일이었다.

"알겠습니다."

그렇게 병영 탐방이 끝났다.

마차가 도착한 곳은 V-22가 대기하고 있는 이착륙장이었
다. 왕비는 V-22를 보고는 거의 경악했다.

이는 국왕을 비롯한 조선 출신 지휘관들도 마찬가지였다.
그 바람에 손인석은 바로 탑승을 못 하고 한동안 기체에 대
한 설명을 해야만 했다.

이런 약간의 우여곡절 끝에 모두가 탑승했다. 국왕 부부는
특별히 기체 소음을 방지하기 위해 헤드셋을 착용했다.

위잉! 타! 타! 타!

로터의 진동음에 이어 프로펠러가 돌아가는 소리가 내부
로 전달되었다. V-22는 추진 동력을 높이기 위해 잠시 공회
전을 하다가 서서히 떠올랐다.

왕비는 기체가 떠오르는 것이 느껴졌다.

순간 온몸이 굳어지면서 손잡이를 잡은 손에 힘이 들어갔
다. 그런 두려움을 채 느끼기도 전에 기체는 유연하게 하늘
로 날아올랐다.

"우와! 대단하구나."

국왕도 잠깐은 두려워했다. 그러나 이내 창밖으로 지상이 펼쳐지자 국왕의 입에서 절로 탄성이 터졌다.

왕비도 마찬가지였다.

처음에는 온몸에 힘이 들어갔으나 이내 안정을 찾았다. 그러다 지상을 내려다보니 한 마디로 표현하기 어려운 감동이 밀려왔다.

"아아! 참으로 대단하옵니다. 조선이, 아니 천하가 발아래이옵니다."

"예, 맞습니다. 천하가 발아래로 보입니다."

국왕 부부는 마치 아이들처럼 놀라고 신기해하며 지상을 내려다봤다. 다른 탑승자들의 반응도 국왕 부부와 다르지 않았다.

홍순목을 제외한 모두가 산전수전을 다 겪은 무장들이었다. 그럼에도 이들은 체면도, 나이도 잊고서 감탄을 거듭하며 지상을 내려다봤다.

대원군의 반응은 남달랐다.

'실로 대단하구나. 지난번에는 밤에 타고 내리는 바람에 제대로 구경도 못 했다. 그래도 나름대로 둘러보기는 했지만 그때의 느낌과는 완전히 달라. 아니, 처음보다 더 놀랍고 두렵기까지 하구나.'

대원군은 기체를 둘러봤다.

'볼수록 놀랍기 짝이 없구나. 어떻게 이런 철 덩어리가 하늘

을 날아다닐 수 있단 말인가. 그것도 엄청난 속도로 말이야.'

그러다 문득 최익현의 상소가 올라왔을 때가 떠올랐다.

절로 한숨이 터졌다.

'후우! 실로 백척간두의 위기였어. 만일 마군이 도와주지 않았다면 나도 그렇지만 우리 조선은 그때 그것으로 끝장이 었을 거야.'

생각하기도 싫었다.

그러나 그런다고 해서 있었던 일이 없어지는 것은 아니다. 그리고 그때의 일이 떠오를 때마다 마군에는 더없이 고마운 마음뿐이었다.

생각에 잠겨 있던 대원군은 문득 대진을 바라봤다.

'대단한 사람이지. 마군과 우리 사이를 너무도 조화롭게 만들어 가고 있어. 그 덕에 지금까지 단 한 번도 불협화음이 발생하지 않았지. 지금까지처럼 정치적 경륜을 잘 쌓아 간다면 미래가 정말 기대될 거야.'

대원군의 시선이 왕비에게로 돌아갔다. 왕비는 국왕과 함께 아이처럼 환하게 웃으며 지상을 내려다보고 있었다.

대원군은 마음속으로 빌었다.

'예, 제발 지금처럼만 해 주세요. 조선의 국모에게 정치는 맞지 않은 옷입니다. 그러니 이번 관함식을 계기로 정치는 완전히 잊어 주시길 바랍니다. 그래야 나라도 살고 왕실도 살아갈 수 있답니다. 만일 중전이 이전처럼 정치적 욕심을

부린다면…….'

대원군의 시선이 손인석의 옆모습으로 향했다.

'마군이 절대 용납하지 않을 겁니다. 거듭 당부하건대 이
번이 전기가 되어 부디 진정한 조선의 국모가 되어 주시기를
바랍니다.'

용산을 출발한 V-22는 국토를 가로질렀다. 그리고 1함대
의 모항인 삼척에 도착했다.

이전부터 삼척은 대도호부가 들어설 정도로 큰 고을이었
다. 그런 삼척이 몇 년 동안 환골탈태했다는 말이 나올 정도
로 변했다.

삼척 일대는 석회석 산지다.

그래서 개혁과 동시에 석회석 광산이 개발되면서 시멘트
공장이 들어섰다. 이어서 1함대의 모항으로 결정되면서 항
구를 대대적으로 확장했다.

이렇게 공사가 이어지고 큰 공장과 광산이 들어서면서 인
구를 급속히 흡수했다. 그 바람에 삼척은 무섭게 성장하는
중이었다.

그런 삼척에 국왕 부부와 대원군이 도착했다. 강원도관찰
사 이회정(李會正)이 이들을 영접하기 위해 원주에서 넘어와
있었다.

"어서 오십시오, 두 분 전하. 그리고 국태공 저하를 뵙사
옵니다."

국왕이 반갑게 인사했다.

"오랜만이오, 이 감사."

대원군도 인사했다.

"그동안 잘 지내셨소?"

"예, 저하."

이어서 이회정이 다른 사람들과 차례로 인사를 나누었다. 그러다 대진을 보고는 반색했다.

"오! 이게 누구신가? 이 특보가 아닌가?"

대진도 반갑게 인사했다.

"예, 영감. 오랜만입니다. 어떻게 잘 지내셨습니까?"

이회정이 크게 웃었다.

"하하하! 나야 잘 지내고 있지요. 그나저나 요즘도 무역은 잘되고 있지요?"

"물론입니다. 영감께서 길을 터 준 덕분에 아주 잘 진행되고 있습니다."

대진이 이렇게 말하는 이유가 있었다.

이회정의 본관은 전주로 효령대군의 후손이다. 그런 이회정은 일찍부터 대원군을 추종하였다.

덕분에 순탄하게 관직 생활을 하다가 동지정사가 되었다. 동지정사로서 연경에 간 그는 조선 무역이 활성화될 수 있는 결정적 전기를 마련했다.

직접무역을 승인받은 것이다.

이회정의 활약은 그뿐만이 아니었다. 조선이 청국의 5대 개항지에 상관과 거주지를 설치할 수 있는 허가도 받아 왔다.

그의 활약으로 상해 교역이 정식 승인되었다. 이때부터 교역에서 막대한 수익을 거둬들이게 되었다.

물론 청국 무역 수익의 원천은 청국 상인 호광용과의 거래이기는 하다. 그러나 상해에 대규모 조계지를 건설할 수 있는 전기를 마련한 이회정의 공적은 의외로 컸다.

3장

　국왕이 관함식을 준비한 수군 사령관, 1, 2, 3함대사령관
과 차례로 인사를 나눴다. 그 인사가 끝나자 대진이 강원도
관찰사에게 다가가 인사했다.

　"지난번에 도움을 주신 일에 인사도 드리지 못해 늘 마음
에 걸렸습니다. 죄송합니다."

　그러자 이회정이 손을 내저었다.

　"무슨 말씀을. 어명으로 사행하면서 얻어 낸 성과였네. 그
런 성과를 갖고 개인적으로 인사하실 필요는 없네."

　대진이 급히 고개를 저었다.

　"그렇지 않습니다. 그때의 일이 대한무역이 상해에서 자
리를 잡는 데 결정적 도움이 되었습니다. 대한무역의 송 상

무도 영감을 꼭 뵙고 인사를 드리겠다고 할 정도입니다."

"도움이 되었다니 다행이기는 하네."

대원군도 거들었다.

"이 특보의 말이 맞소이다. 대한무역의 활약이 있었기에 우리가 이처럼 개혁을 가열하게 추진할 수 있소이다. 그런 대한무역의 앞길을 활짝 열어 준 사람이 이 감사인 것은 분명한 사실이오."

이회정이 몸을 숙였다.

"저하께서도 그렇게 생각하시니 몸 둘 바를 모르겠사옵니다."

대원군이 권했다.

"자! 함께 가십시다. 이번에 거행되는 관함식은 우리 조선에서 처음 열리는 일이니만큼 이 감사도 함께 지켜봅시다."

"황감하옵니다."

관함식은 수군 행사다.

그것도 최초의 행사여서 수군의 주요 장수들이 전부 삼척에 집결했다. 국왕 부부도 수군 총사령관이 직접 안내했다.

행사 관람석까지는 거리가 조금 있어서 V-22로 공수해 온 왕실 전용 마차가 이용되었다. 그렇게 해서 도착한 관람석에서는 바다가 한눈에 내려다보였다.

국왕이 주변을 둘러보며 감탄했다.

"가슴이 탁 트이는군요. 과인이 동해를 본 것은 이번이 처음인데 저 수평선을 보니 망망대해라는 말이 왜 나왔는지 알

위대한
항해

겠습니다. 중전도 가슴이 트이시지요?"

왕비도 동조했다.

"그렇사옵니다. 신첩은 바다를 바라보는 것만으로도 체증이 쏙 내려가는 기분입니다. 이런 바다를 보고 살면 호연지기가 절로 길러지겠습니다."

이어서 관함식이 시작되었다.

먼저 각 함대의 주요 함정이 열병하듯 국왕 부부의 관람석을 통과했다.

이회정이 설명했다.

"전하, 선두에 선 1함대 기함의 규모가 5,000톤이옵니다. 그리고 다른 함정도 3,000톤급이고요."

국왕이 크게 감탄했다.

"아아! 대단하군요. 과인은 함대의 기함이 5,000톤급이라고 보고받을 때만 해도 그저 크다고만 생각했습니다. 그런데 막상 보니 덩치가 산처럼 크고 웅장합니다."

국왕의 감탄은 2함대와 3함대가 지나갈 때마다 이어졌다.

잠시 후 그들은 배를 타고 바다로 나가 함대의 기함에 올라 직접 배를 둘러봤다.

왕비가 갑판을 보며 놀랐다.

"멀리서 봤을 때도 대단했지만 이렇게 올라와 보니 느낌이 또 다르네요."

대진이 설명했다.

"서양의 축척으로 길이가 100미터가 넘습니다. 우리 척관법으로는 60장(丈)이 넘고요."

"그렇군요."

그렇게 한나절이 지났다.

국왕 부부와 대원군, 수상과 국방대신 이경하와 최고 지휘관들이 V-22에 올랐다. 그러고는 상선과 제조상궁만이 국왕 부부의 호종을 위해 탑승했다.

그렇게 날아오른 V-22는 먼바다로 날아가 백령도에서 내렸다. 국왕은 백령도에 내리면서부터 탄성을 터트렸다.

"이게, 이게 정녕 배가 맞습니까?"

"분명 배가 맞습니다."

"아아! 이건 배가 아니고 섬입니다."

대진의 설명이 이어졌다.

"이 배에는 모두 3,000여 명이 승선해 있사옵니다. 그런 승조원의 숫자만 놓고 보면 일종의 섬이라고 해도 과언이 아니지요."

국왕이 깜짝 놀랐다.

"3,000여 명이나 승선해 있다고요?"

"그렇습니다."

국왕은 거듭해서 탄성을 터트렸다.

그러나 왕비는 달랐다.

"……."

왕비는 압도되어 말도 못 했다.

왕비의 성정이 아무리 당차고 기가 세다지만 여인이었다.

조선의 여인들이 볼 수 있는 세상은 그렇게 넓지가 않다.

왕비는 그나마 다양한 사람을 만나며 시야를 넓혀 왔지만 기본적인 경험이 적었다. 그런 왕비에게 백령도는 거의 충격이나 다름없었다.

이어서 내부 견학이 시작되었다.

대원군도 내부를 속속들이 둘러보는 건 처음이었다. 그래서 대원군도 거듭해서 놀랄 정도로 백령도의 내부 모습은 조선인들에게 경악 그 자체였다.

워낙 놀라고 경탄하는 바람에 많은 시간을 잡아먹었다. 더욱이 내부가 넓어서 대충 둘러보는 것만 해도 상당한 시간이 걸렸다.

그렇게 내부를 둘러보고 다시 갑판으로 올라왔을 때였다. 조금 전까지 보이지 않던 함정들이 주변에 보이기 시작했다.

손인석이 주변 바다를 죽 가리켰다.

"저기 보이는 함정들이 제7기동함대입니다."

국왕이 대번에 알아봤다.

"전함이 서양의 배와 형태가 전혀 다르네요. 모든 전함에 돛이 아예 없어요."

레이더는커녕 무선도 아직 없는 시대였다. 그렇기 때문에 손인석은 대강의 상황만 설명했다.

"모든 함정들이 기관의 힘만으로 움직입니다. 그런 기관도 증기기관이 아닌 내연기관이어서 연돌이 아주 작습니다."

"그러고 보니 연돌이 보이지 않는군요."

"예, 그리고 함정의 속도를 높이고 적에게 쉽게 포착되지 않으려면 저런 형태가 최적입니다."

"저렇게 만들면 속도가 더 나나 보군요. 기존의 서양 선박보다 얼마나 빠릅니까?"

"2~3배 정도 됩니다."

국왕이 다시 놀랐다.

"그렇게나 빠릅니까? 대단하군요. 여기서 보고 듣는 것이 하나같이 놀라고 경이롭습니다."

손인석이 슬쩍 마군을 띄웠다.

"저기 보시는 함정 1척만 있어도 서양의 어느 나라와 맞싸워도 이길 수 있습니다."

"아! 그렇습니까?"

"전하께서 어떻게 생각하실지 몰라도 이는 분명한 사실입니다. 그래서 우리가 있는 한, 두 번 다시 조선의 바다를 적국에 내주지 않겠다고 장담했던 것입니다."

국왕이 크게 고개를 저었다.

"과인이 달리 생각할 일이 어디 있겠습니까? 과인은 송 원수의 말씀을 무조건 믿습니다."

"고맙습니다."

이때 놀라운 현상을 왕비가 목격했다.

"아니, 저게 무엇입니까? 수중에서 무언가가 솟구치고 있습니다."

모두가 동시에 고개를 돌렸다.

그러자 부상하고 있는 잠수함이 보였다. 손인석이 손으로 잠수함을 가리키며 설명했다.

"저기 올라오고 있는 함정은 수중에서 운항할 수 있는 잠수함입니다. 잠수함은 본래 몸체를 드러내지 않지만 오늘은 관함식이 있어서 특별히 부상한 것입니다."

왕비가 깜짝 놀랐다.

"수중을 돌아다닐 수 있는 배도 있다고요?"

"그렇습니다. 보시는 대로 잠수함은 선체 전부가 강철로 둘러싸여 있습니다. 선형도 유선형이어서 수중에서도 운항이 가능하지요."

"사람이 숨은 어떻게 쉽니까?"

"공기를 생산할 수 있는 기계가 따로 있습니다."

그 말에 왕비가 놀라 입을 다물지 못했다. 그러다 잠수함의 해치가 열리고 잠함 승조원들이 나오는 것을 보고는 더 놀랐다.

이렇듯 제7기동함대의 관함식은 놀라움으로 시작되었다. 그리고 각 함정에 착함된 헬기들이 날아올라 백령도를 지나가는 것으로 끝났다.

이어서 오늘의 백미인 해병대 상륙작전이 시연되었다. 해병대 상륙작전은 삼척 해안가에서 마군의 해병여단만 참여해서 거행되었다.

연막탄이 터지면서 시작된 상륙작전에는 수륙양용장갑차와 V-22와 각종 헬기 등이 동원되었다.

당연히 모든 사람들이 놀랐다.

그런 사람 중 왕비의 놀라움은 다른 사람들과 격을 달리했다. 그녀는 마군의 군사력이 강하다는 것은 알고 있었으나 이 정도일 줄은 몰랐다.

본래 그녀는 세자가 장성하면 어떻게 해서든 다시 정치력을 발휘해 사람을 모아 보려고 했다. 그러면서 마군도 적당히 설득해서 자신의 치마폭으로 감싸 안을 생각이었다.

그런데 아니었다.

지금까지 알고 있던 마군의 전투력은 빙산의 일각에 불과했다. 자신이 보고 있는 전투력이라면 조선 정도는 일거에 쓸어버려도 하등 문제가 되지 않을 정도였다.

그녀는 그제야 깨닫게 되었다.

'그랬었구나. 우리가 마군의 정착을 도와준 것이 아니었어. 실제로는 마군이 우리를 이끌어 주고 있었던 거야.'

결과는 비슷할지 모른다.

그러나 주체가 전혀 다르기에 시작도, 그 과정도 전혀 달랐다. 그런 사정을 모르고 있던 왕비였기에 놀라지 않을 수가 없었다.

'내가 지금까지 생각을 잘못하고 있었구나. 세상을 압도할 수 있는 군사력을 가진 저들에게 조선의 권력은 그리 필요한 게 아니었어. 권력이 필요했다면 그냥 힘으로 밀어붙이면 끝났을 일이었는데, 그 사실을 나는 몰랐어.'

이런 생각을 하니 마군이 달리 보였다.

지금까지 그녀의 속마음에서 마군은 친정을 몰락시킨 원흉이었다. 당장이라도 찍어 내고 싶었다. 그러나 지금은 그럴 때가 아니란 사실을 잘 알고 있었기에 참고 또 참아 왔다.

그런데 이제 보니 아니었다.

'나는 지금까지 저들을 포섭해서 데려가야 한다고 생각하고 있었다. 지금은 아니지만 분명 시간이 지나면 저들도 권력을 탐할 거라 생각했지. 그런데 잘못된 생각이었어. 저들은 이미 엄청난 권력을 쥐고 있었어. 그것도 세상을 파괴할 수 있을 정도의 무력을. 그걸 내가 간과하고 있었구나.'

그녀의 머릿속이 복잡해졌다.

'아아, 마군은 그저 적당히 포섭할 대상이 아니었어. 어떻게 해서든 우리 세자가 우리 왕실을 잘 이끌어 가도록 부탁하고 또 부탁해야 하는 거였어.'

왕비가 다짐했다.

'그래, 그렇게 하자. 나는 조선의 국모이며 세자는 다음 대통을 이을 국본이다. 그런 나와 세자의 앞날을 위해서라도

어떻게 해서든 마군과의 연을 이어 나가야겠다.'

이런 생각을 하다가 대진을 바라봤다.

'바로 저 사람이다. 지금의 우리에게 도움을 줄 수 있는 사람은 이 특보야. 돌아가면 어떻게 해서든 이 특보와의 연을 만들어 봐야겠다.'

그때 문득 왕비의 머릿속으로 양갓집 규수들의 얼굴이 스쳐 지나갔다. 얼마 전부터 마군과 명문가 사이에 혼사가 크게 늘어난 탓이었다.

'그래, 내가 잘 아는 집안의 규수와 혼인하도록 만들어야겠어. 만일 내 의도대로 혼인이 성사만 된다면 이 특보와의 확실한 인연을 만들 수 있을 거야.'

왕비는 이런 생각을 하면서 어느 집안이 좋을지 곰곰이 생각에 잠겼다.

국왕의 심정도 복잡했다.

오늘의 행사는 놀라움을 넘어 경이로움의 연속이었다. 솔직히 두려움까지 솟구치는 것을 간신히 눌러 참았다. 그러나 국왕은 모든 상황을 단순하게 생각하기로 했다.

'마군을 무조건 믿자. 마군은 지금까지 단 한 번도 우리에게 해가 되는 일은 하지 않아 왔다. 그러니 나는 이 나라의 군주로서 국가 발전을 위해 무엇이 중요한지만 생각하면 된다. 그러다 좋은 방안이 생각나면 당당하게 마군에게 요구를 하면 된다. 그렇게 하는 것이 나를 위하고 마군을 위하고 더

나아가 우리 조선을 위하는 길이다.'

이런 생각을 하니 복잡했던 머릿속이 일순간에 정리되었다. 그러자 국왕의 웃음소리는 커졌으며 목소리에도 힘이 들어갔다.

대진은 그런 국왕을 바라보며 절로 흐뭇한 미소를 지었다. 그러다 복잡한 눈빛으로 자신을 바라보는 왕비와 눈이 마주쳤다.

대진이 가볍게 목례했다. 그런 대진에게 답례하면서도 왕비의 시선은 좀체 다른 곳으로 돌아가지 않았다.

그렇게 관함식이 끝났다.

생각보다 시간이 많이 지체되었다. 그 바람에 국왕 부부는 삼척에서 하루를 보내야 했다.

그리고 다음 날.

아침 일찍 출발해 용산을 거쳐 환궁했다.

정운용은 육군 원사다.

그는 대를 이은 훈련도감 병졸을 천직으로 생각해 왔다. 녹봉으로 지급되는 매월 5말의 쌀은 아내와 노모 그리고 3명의 자식들의 구명줄이었다.

그러나 늘 부족했다.

녹봉이 꼬박꼬박 나온다면 그나마 버틸 수가 있었다. 하지만 여러 이유로 녹봉은 수시로 중단되었으며 나와도 정량이 아닌 경우가 많았다.

그 바람에 아내는 양반집 찬모로, 늙은 모친은 삯바느질로 생계를 도와야 했다. 그럼에도 병사를 때려치우지 못하는 것은 한 번 그만두면 복귀하기가 더없이 어려웠기 때문이다.

그래서 늘 미안했다.

그러던 정운용의 인생이 달라졌다.

마군, 아니 천군이 하늘에서 내려와 세상을 바꿔 놓았다.

훈국도 천지개벽되었다. 당장 녹봉, 아니 월급이 쌀 한 가마니로 2배가 뛰었다.

덕분에 먹고사는 문제가 단번에 해결되었다.

그뿐만 아니라 귀한 석유도 매일 1병이 지급되었다.

석유는 귀해서 상인들이 매일 집에 줄을 섰다. 그런 석유를 내다팔면 막내딸의 꽃신도 사 주고 아이들 엿도 푸짐하게 사 줄 수 있었다.

변화는 여기서 끝난 것이 아니다.

반년 동안 혹독한 훈련을 받았다.

훈련은 힘들어서 다수의 동료들이 탈락해서 다른 길을 가야만 했다. 그렇게 훈련을 마치고 나니 세상은 또 한 번 달라졌다.

처음에는 육군 상사가 되었다.

복무 경력을 인정받은 덕분이었다.

상사가 되면서 개인 소총을 비롯해 군복과 군모, 군화가 새로 지급되었다. 그뿐만 아니라 월급도 2배로 뛰었으며 석유도 2배로 지급받게 되었다.

덕분에 아내가 남의 집 일을 하지 않아도 되었다.

그리고 다시 시간이 흘러 위관으로 승진할 수 있는 기회가 왔다. 그러나 정운용은 지원하지 않았다.

그 대신 진급시험을 거쳐 원사가 되었다. 그리고 노력해서 수방사 주임 원사가 되니 또다시 세상이 달라졌다.

"주임 원사님, 나오십시오."

"알겠다."

수방사 주임 원사가 되니 말이 지급되었다. 이어서 징병제와 함께 개인 당번병까지 배정되었다.

정운용이 일어나니 아내가 그의 군복의 이곳저곳을 살폈다. 그러던 아내가 군복의 깃을 매만지고는 고개를 숙이며 인사했다.

"조심히 다녀오세요."

"어험! 다녀오리다."

정운용이 방문을 열고 나가니 아이들이 마당에 서 있었다. 그런 아이들에게 미소를 지으며 군화를 신으려다가 놀랐다.

"오, 너희들이 군화를 닦았나 보구나."

"예, 아버지. 형과 제가 흙을 털어 내고 기름을 먹였어요."

"잘했구나."

정운용이 주머니에서 동전 몇 닢을 꺼내 주었다.

"형과 함께 싸우지 말고 맛있는 거 사 먹어라."

"예, 아버지."

막내딸이 부루퉁하게 입을 내밀었다.

"아버지, 저는요?"

정운용이 환하게 웃으며 딸을 안았다.

"아이고, 세상에서 제일 예쁜 딸을 그냥 둘 수는 없지."

정운용이 동전을 꺼내 주며 당부했다.

"이 돈으로 시장에서 엿을 사서 할머니와 어머니께 나눠 드려라."

"예, 아버지."

정운용이 딸을 내려놓았다. 그러자 세 아이가 동시에 허리를 숙였다.

"아버지, 잘 다녀오세요."

"오냐, 다녀오마."

정운용이 걸어 나가다가 뒤를 돌아봤다.

정운용이 초급무관이 되면서 그의 집도 새로 지어졌다. 군에서 무상 지급한 붉은 벽돌로 지어진 집을 보니 그의 입가에 절로 미소가 지어졌다.

"어험!"

헛기침하며 미소를 지었다. 그렇게 집을 나서니 대기하고 있던 당번병이 경례했다.

"충성!"

"충성! 고생이 많다."

"아닙니다. 오르십시오."

"고맙다."

정운용이 가뿐하게 말에 올랐다.

"이랴!"

당번병이 말고삐를 잡고서 걸음을 옮겼다. 정운용은 대를 이어 한곳에서 살고 있었다. 그러다 보니 지나가는 사람들마다 아는 얼굴들이었다.

지나가는 사람들이 먼저 인사했다.

"이제 출근하시나 보네?"

"예, 그렇습니다."

"보기가 참 좋구먼. 아주 멋있어."

"허허! 감사합니다."

지나는 사람마다 인사했다.

그런 사람들은 하나같이 부러워하며 덕담을 건넸다.

이전에는 훈련도감 병졸인 자신을 하찮게 생각했다.

그러나 이제는 아니었다.

마을 사람들이 자신을 보면 먼저 고개를 숙이며 아는 척을 해 온다. 더러는 은근한 부탁까지 해 오는 사람들도 있을 정도다.

정운용은 그런 사람들에게 답례하며 속으로 다짐했다. 어떤 경우라도 끝까지 군에 봉직할 것이며, 아이들도 같은 길을 걷게 할 것이라고.

정운용은 이런 다짐을 매일 하며 출근했다.

최성일은 고을 이방이다.

아전(衙前)은 이서(吏胥)라고도 불린다. 신분은 중인으로 직책은 세습되었으며 녹봉은 한 푼도 없다.

대를 이어 한 지역의 이방을 오래 하면 여러 경험이 쌓인다. 그래서 녹봉이 없어도 이런저런 이권에 개입해 상당한 재물을 모을 수 있었다.

고을 수령은 5년 임시직이다.

고을 수령은 부임하면 대부분 한몫 챙기려고 눈이 벌겋게 설친다. 그런 수령들은 지역 이권을 잘 알고 있는 자신을 반드시 품고 가야만 했다.

그러지 않고 혼자 해 먹으려고 설치면 절대 도와주지 않는다. 청백리인 척하면 고고하게 설치면 업무 협조도 적당히 하면서 5년을 넘긴다.

그것도 싫으면 다른 지역 아전과 결탁해 비리 제보를 해서 날려 버리면 된다.

그렇게 평생, 아니 대를 이어 지역을 장악해서 이권을 챙겨 왔다.

그런데 세상이 달라졌다.

맨 처음 재판권이 날아갔다.

형방이 없어지면서 경찰서가 생겼다. 그 대신 형방과 소속 관속들이 전부 경찰로 이관되었다.

여기서 곡소리가 한 번 났다.

창설된 경찰에서는 형방의 비리를 철저하게 파헤치면서 귀양을 보내 버렸다. 그뿐만 아니라 재산까지 몰수하면서 집안을 알거지로 만들어 버렸다.

그러면서 송사를 할 때 소장을 써 주거나 하면서 뒷돈을 챙겨 왔던 예방도 개털이 되었다.

그런데 이걸로 끝이 아니었다.

얼마 후 군역이 없어졌다.

훈련을 위해 초급무관이 배치되면서, 군정을 책임지고 있던 병방 조직이 없어졌다.

병방은 그동안 백골징포 등으로 갖은 이권을 챙겨 왔다.

그런 병방은 털고 자시고 할 것도 없이 조사와 함께 바로 귀양을 갔다. 아울러 병방을 돕던 권속들 대부분도 같은 처지가 되었다.

물론 재산 몰수는 기본이었다.

육방 조직 중 3개가 날아간 것이다.

그러다 징병제가 실시되면서 또 달라졌다.

징병과 함께 대체복무제도가 시행되었다. 이들이 투입되면서 마을 길 넓히기와 주택 개량 사업이 대대적으로 시행되었다.

이전이었다면 엄청난 이권이었다. 뒷돈을 받아 가면서 개량 사업의 속도를 조절할 수가 있었다.

그러나 이제는 모든 사업을 군에서 주도하면서 이방이 끼어들 여지가 거의 없어졌다.

외려 일만 많아졌다. 그렇다고 보는 눈들이 워낙 많아서 몸을 뺄 수도 없어서 곤욕을 치렀다.

고을에서 필요한 물건은 공방의 주도하에 공방 권속들이 만들어 왔다. 그런데 대체복무제도가 시행되면서 공방 조직도 흡수되어 버렸다.

그러면서 모든 일 처리와 전개가 대체복무자들이 주도하였다. 그 바람에 공방은 그저 권속이나 관리하는 정도의 허수아비가 되어 버렸다.

그렇게 육방 중 넷이 날아가 버렸다.

이제 남은 것은 이방과 호방뿐이었다.

이전에는 육방이 모여 머리를 맞대면 해내지 못할 일이 없었다. 그러나 2명은 날아가고 다른 2명은 힘조차 못 쓰는 처지가 되어 버렸다.

최성일은 마치 팔다리가 잘려 나가는 느낌을 받았다. 그러나 차곡차곡 개혁이 진행되고 있어서 어디다 하소연할 곳도 없었다.

그러나 최성일은 나름 의연했다.

날아간 넷보다 이방과 호방의 이권이 몇 배는 많았기 때문이다. 그는 다른 아전의 권속들까지 거둬들이면서 이전보다 힘을 더 키워 왔다.

이런 와중에 한 통의 공문이 당도했다. 최성일은 고을 수령이 내미는 문서를 보며 의아해했다.

"사또, 이게 무엇입니까?"

"인구조사를 새로 하라는 공문일세. 아울러 노비 숫자도 새로 조사하라는 정부의 명령서라네."

호방이 반발했다.

"아니 사또, 인구조사는 얼마 전에 철저하게 시행하지 않았습니까? 그런 인구조사를 왜 다시 해야 하는지요? 그리고 노비 조사는 또 뭡니까?"

고을 수령이 고개를 저었다.

"문제가 있어서야. 징병제가 시행되면서 누락된 노비들이 다수 나왔다고 하네. 그뿐만 아니라 양민들 중에서도 누락된 자들이 지원한 경우까지 발생했고. 그래서 이번에는 대체복무자들을 대거 동원해서 철저하게 조사한다고 하네. 그리고 부보상까지 풀어서 화전민까지 조사한다는 거야."

'이런 C발.'

최성일은 속으로 욕을 했다.

'큰일이구나. 산속의 화전 마을 몇 곳을 조사에서 제외해 났는데. 부보상까지 동원하면 바로 발각될 우려가 높아. 이걸 어쩌나.'

이런 생각을 하며 호방을 바라봤다. 호방도 우려 섞인 시선으로 자신을 바라보고 있었다.

최성일이 몸을 숙였다.

"소인들은 나가서 그에 대한 준비를 하겠습니다."

"그렇게 하게."

최성일이 몸을 일으켰다. 이때 고을 수령의 한마디가 그의 몸을 굳게 만들었다.

"조심해야 할 거네. 이번 인구조사가 끝나면 정부에서 양안(量案) 작업을 새로 한다고 했어. 그 양안 작업에는 이번에 징병한 병력까지 전부 동원된다고 하였네."

최성일로서는 청천벽력 같은 소식이었다.

"예? 그게 정말입니까?"

"그렇다네. 그런데 조사하다가 은결(隱結)이 나오면 철저하게 죄를 묻는다고 하네. 아울러 이중과세를 한 경우도 마찬가지고."

이방과 호방이 동시에 휘청댔다.

호방은 목소리까지 떨렸다.

"그, 그게 정말입니까?"

"정말이다마다. 아주 작정하고 덤빌 거라는 소문이 있으니 조심해야 할 거야. 그 대신 이번 인구조사 기간을 자수 기간으로 설정했다네. 그 기간에 순순히 자수해서 잘못을 밝힌다면 이전의 잘못은 덮어 주기로 했네. 그러나 끝까지 숨긴다면 일벌백계로 다스린다고 했네."

고을 수령이 문서를 더 전했다.

"이건 그에 대한 문서이니 가져가서 읽어 보게. 그리고 김 진사와 최 진사, 그리고 이 참봉에게도 꼭 전해 주도록 하게."

고을 수령이 이름까지 지목한 사람들은 지역의 토호들이었다. 그런 토호들은 하나같이 뒤가 깨끗하지 못했다.

최성일이 고개를 숙였다.

"세 분께 사또의 말씀을 꼭 전하겠습니다."

"나가들 보시게."

전각을 나온 호방이 대번에 걱정했다.

"이방 어른, 큰일 아닙니까? 부보상까지 나서면 숨겨 둔 화전 마을이 드러나는 건 시간문제입니다. 더구나 군대까지 동원해서 조사한다면 은결까지도 고스란히 드러날 거예요."

최성일의 입에서 한숨이 나왔다.

"후! 우선 사람들을 모아 봅시다. 호방께서는 사람을 보내 김 진사와 최 진사, 그리고 이 참봉 어른을 우리 집으로 모셔 오세요. 내가 술상을 준비해 놓으리다."

"그렇게 하겠습니다."

이날 저녁.

최성일의 집으로 사람들이 모였다. 이들은 최성일의 말을 듣자마자 성토부터 했다.

김 진사가 먼저 나섰다.

"아니, 이런 식으로 탈탈 터는 게 어디 있소이까? 이건 마치 우리를 죽이려고 덤비는 것 같아요."

최 진사도 적극 동조했다.

"맞는 말씀입니다. 노비 놈들도 요즘 군대를 가겠다고 하나둘 빠져나가는 마당인데 이제는 우리 재산까지 넘보다니요. 이대로 밀리다 보면 끝이 없겠습니다."

이 참봉도 나섰다.

"당장 대책을 강구해야 합니다. 이방, 무슨 좋은 방안이 없겠나?"

최성일이 고개를 저었다.

"지금으로선 뾰족한 방도가 없습니다."

"허허! 이거 큰일이구나. 꾀돌이라고 소문이 난 이방까지도 방도가 없다면 큰일이야, 큰일."

김 진사가 술잔을 단번에 비웠다.

"이 참봉 어른, 이렇게 당할 바에야 봉기라도 해야 하는 거 아닙니까?"

최성일이 고개를 저었다.

"그도 쉽지 않습니다. 과거였다면 해방을 미끼로 노비들을 부추기면 인원수는 모을 수가 있었을 겁니다. 그러나 지금은 군에서 3년만 고생하면 해방되는데 누가 목숨을 걸고 나서겠습니까?"

이 참봉이 술잔을 거칠게 내려놓았다.

탁!

"빌어먹을. 이도 저도 못 하면 그냥 이대로 앉아서 죽어야 한단 말인가?"

이 말에 모두 연거푸 한숨을 내쉬었다. 그때 그동안 입을 다물고 있던 호방이 조심스럽게 의견을 냈다.

"이방 어른, 지금 상태라면 달리 방도가 없는 것 같습니다. 그렇다고 사람을 모아 봉기하는 일도 쉽지 않고요. 그런 결의를 한다고 해도 사람이 모여질지도 의구심이 들어요."

"으음!"

"어험!"

각자가 헛기침과 침음을 하며 불편한 기색을 숨기지 않았다. 그런 소리를 들으며 호방이 제안했다.

"차라리 미리 신고해서 처벌을 피해 가는 건 어떻게 생각하십니까?"

김 진사가 버럭 화를 냈다.

"무슨 말도 안 되는 소리를 하는가? 미리 신고를 하자니. 자네가 지금 제정신으로 그런 소리를 하는 겐가?"

최성일도 고개를 저었다.

"그렇게 할 수는 없네. 그리고 우리의 일이 알려지면 절대 그냥 넘어갈 수가 없어."

"맞는 말이야. 우리가 숨겨 온 화전민 마을이 열 곳이 넘어. 그곳에 살고 있는 사람들도 수백이 넘고. 그뿐만 아니라 그들이 일궈 놓은 은결이 한두 필지가 아니잖아. 그걸 어떻게 전부 신고를 해?"

"맞습니다. 그 일이 알려지면 관여된 사람은 반드시 처벌을 받을 수밖에 없습니다."

"감춰야 해. 그 일이 세상에 알려지면 여기에 있는 사람들은 결코 안전을 보장받을 수 없어."

호방의 안색이 어두워졌다.

"그런다고 해서 숨겨질 사안은 아니지 않습니까? 대체복무자만으로도 부족해서 부보상까지 푼다고 했습니다. 소인이 알기로 화전민 마을에는 부보상이 수시로 드나든답니다. 그런 부보상이 화전 마을을 발고라도 했다가는 일이 세상에 알려지는 건 시간문제입니다."

김 진사가 나섰다.

"그 부보상을 찾아내서 입을 막아야겠어."

최 진사도 적극 동조했다.

"좋은 생각입니다. 지금으로선 그게 최선인 것 같습니다."

호방이 안타까운 표정을 지었다.

"무슨 수로 부보상을 찾습니까?"

"찾아내야지. 찾아내어서 그자가 입을 열지 못하도록 설득해야 해."

호방이 고개를 저었다.

"쉽지 않은 일입니다. 부보상은 조직이 체계적입니다. 그런 부보상이 우리의 말을 듣겠습니까? 소인이 봤을 때는 아무리 손쓴다고 해도 말을 듣지 않을 것 같습니다."

이방 최성일이 나섰다.

"말을 듣지 않으면 듣게 만들어야지요."

"어떻게 말입니까?"

"그자가 거부할 수 없을 정도의 돈을 쥐여 주면 될 겁니다. 그래도 말을 듣지 않는다면……."

최성일이 눈을 빛냈다.

"영원히 입을 열지 못하도록 만들어야지요."

호방이 깜짝 놀랐다.

"죽이기라도 하자는 말씀입니까?"

"그래서 해서라도 입을 막을 수 있다면 그렇게 해야겠지요."

호방이 몸을 부르르 떨었다.

"죽인다고요?"

"어쩔 수 없는 경우에는 그렇게라도 해서 입막음을 해야지."

김 진사가 적극 동조했다.

"맞는 말이야. 우리가 죽지 않으려면 그 수밖에는 없어."

최 진사와 이 참봉도 연이어 동조했다. 최성일이 호방을 바라보며 은근히 대답을 강요했다.

"저, 저도 동참하겠습니다."

최성일이 모두를 둘러봤다.

"결의에 이의는 없으시지요?"

모두가 없다는 대답을 했다. 최성일이 일어나서 종이와 지필묵을 꺼내서는 일필휘지로 결의한 내용을 적어 나갔다.

"이런 일은 분명한 것이 좋습니다. 허니 읽어 보시고 수결하시지요."

모두가 굳은 표정으로 자신의 이름을 적고는 날인을 했다. 최성일은 마지막에 자신의 이름과 날인을 하고는 후련한 표정으로 잔을 들었다.

"자! 결의를 축하하는 의미에서 모두 함께 잔을 비우도록 합시다."

"좋네."

"그렇게 하세."

방 안 사람들이 일제히 잔을 들고서 단숨에 비웠다.

4장

그리고 얼마 후.

드디어 인구조사가 실시되었다.

최성일은 사람을 풀어 화전민 마을 앞을 지키게 했다. 그렇게 몇 날 며칠을 지켜보다가 부보상이 올라오는 것을 보고는 이방의 집으로 데려왔다.

최성일이 부보상을 만났다.

"그대가 화전민 마을을 드나드는 부보상인가?"

부보상이 불안한 눈길로 대답했다.

"그렇습니다만 그대는 누구시고 여기는 대체 어디입니까?"

"나는 이 고을 이방이네."

"아! 그러시군요. 헌데 소인은 어쩐 일로 부르신 것이옵니까?"

"그대가 화전민 마을을 드나든다고 해서 불렀네. 그런데 자네 말고 다른 부보상이 또 있나?"

"없습니다. 우리 부보상은 의리가 있어서 다른 사람이 드나드는 곳에는 가지를 않습니다."

"그렇구나. 허면 다른 화전 마을도 다니는가?"

"그렇습니다."

"그렇구나."

"헌데 그걸 왜 물으시는지요?"

"그대에게 청이 있어서네."

"소인은 아무것도 모르는 무지렁이입니다. 그런 소인에게 이방 어른께서 부탁하실 일이 무에 있다고 그러십니까?"

최성일이 조심스럽게 입을 열었다.

"이번에 나라에서 시작하는 인구조사에 대해 알고 있는가?"

부보상이 크게 고개를 끄덕였다.

"물론입지요. 그렇지 않아도 나라에서 우리에게 인구조사에 적극 협조하라는 명이 내려왔다고 합니다."

"허면 그대도 거기에 협조해야 하겠구먼."

"그렇지요. 저 같은 놈은 위에서 시키면 시키는 대로 해야 합지요."

"그래서 부탁인데…… 자네가 드나드는 화전 마을에 대해 입을 다물어 줄 수 있겠나?"

부보상은 일자무식이었다. 그러나 머리는 비상해서 최성

일의 부탁을 왜 하는지 대번에 알아챘다.

"소인이 드나드는 화전 마을이 신고되지 않은 곳입니까?"

"……그렇다네. 모두 살기 어려워서 산에 들어간 사람들이야. 그래서 그런 자들을 내가 특별히 돌보고 있었다네."

"아! 그러시군요. 허면 이번 인구조사에서 사전에 신고하면 되겠습니다."

최성일이 고개를 저었다.

"그럴 수가 없어서 문제야. 알고 있는지 모르지만 화전 마을 주민들은 대부분 빚이나 여러 이유 때문에 산으로 들어간 사람들이야. 그런 사람들의 사정도 고려하지 않고 덜컥 신고하면 그들은 큰 곤욕을 치르게 되어 있어."

"그렇다고 해도 엄연한 국법이 있는데 언제까지 숨어 지낼 수는 없는 일 아닙니까?"

"그래서 내가 그들을 대신해 부탁하려 하네. 자네만 입을 다물어 준다면 그들은 지금처럼 산에서 편안하게 살 수가 있네. 그러니 화전 마을 사람들의 사정을 이해하고 입을 다물어 주시게. 내 그에 대한 사례는 섭섭지 않게 하겠네."

이러면서 꽤 묵직한 돈주머니를 건넸다. 부보상은 주머니의 무게에 침을 꿀꺽 삼켰다. 그는 잠시 갈등하더니 주머니를 다시 건넸다.

"송구하오나 그렇게 할 수는 없사옵니다."

"정녕 어려운 화전 마을 사람들의 사정을 외면하려는가?"

부보상이 안타까운 표정을 지었다.

"소인도 도와주고는 싶습니다. 하지만 우리 부보상은 성실과 신의를 생명처럼 여기고 있습니다. 그런 제가 어찌 사리사욕을 위해 거짓말을 할 수 있겠습니까?"

최성일은 몇 번이고 권했다. 그러나 한 번 마음을 정한 부보상은 조금도 흔들리지 않았다.

한동안 권하던 최성일이 몸을 일으켰다. 그런 그의 눈빛은 처음과 달리 핏빛으로 물들어 있었다.

그가 부보상의 뒤에 있는 자에게 눈짓했다. 그러자 그자는 주저 없이 갖고 있던 몽둥이를 내리쳤다.

퍽!

부보상은 신음도 내지르지 못하고 쓰러졌다. 그런 부보상을 잠시 바라보던 최성일이 지시했다.

"끌고 가서 뒷산에 묻어 버려라."

"예, 나리."

사내는 부보상을 가볍게 둘러메고는 문을 열고 나갔다.

그러나 인구조사는 그것으로 끝나지 않았다. 새로운 조사원이 찾아왔기 때문이다.

수도방어사령부 병력도 이 조사에 대거 동원되었다.

수방사 주임 원사인 정운용은 본래 이 조사에 참여하지 않아도 된다.

그러나 초급무관들도 대거 참여하는 조사였기에 그도 자원해서 참여했다. 그런 정운용이 담당한 곳은 최성일이 아전으로 있는 고을이었다.

정운용은 100명이 넘는 병력과 함께 인구조사 업무를 시작했다. 이 조사를, 최성일은 구렁이 담 넘어가듯 설렁설렁 도왔다.

그러나 조사는 철저하게 실시되었다.

먼저 각 마을에 방을 붙였다. 그리고는 인구조사에 참여한 경우 얻게 되는 이익에 대해 병사들이 직접 설명해 주었다.

이전까지는 군역을 피하거나 세금을 내지 않으려고 신고하지 않았다. 그러나 징병제가 실시되면서 군역 부담이 아예 없어졌다.

더구나 노비들도 해방될 수 있는 기회가 생겼기에 너도나도 적극적이었다. 이런 분위기에도 최성일은 사람을 풀어 화전 마을을 꽁꽁 감췄다.

그러나 감추는 것만이 능사는 아니었다. 동료가 행방불명되자 부보상들이 하던 일을 버려두고서 동료를 찾아 나선 것이다.

그러던 동료를 탐문하던 부보상들은 결국 최성일의 마을에 온 것을 알아냈다. 그리고 그런 사실을 고을 수령과 정운용에게 발고했다.

고을이 발칵 뒤집혀졌다.

주변 고을에서 수백 명의 병력 지원까지 받은 정운용은 온 고을을 샅샅이 뒤졌다. 그러다 화전 마을을 찾아냈고 주민들을 추궁한 끝에 최성일, 다른 토호들과 결탁한 사실도 알아냈다.

쾅!

"이방 최성일은 나와서 오라를 받아라!"

이른 새벽에 찾아온 군 병력에 최성일은 대경실색했다. 그 바람에 제대로 옷도 갖춰 입지도 못하고 동헌으로 끌려나왔다.

전날까지 목에 힘주며 드나들던 동헌이다. 그런 동헌에 하루 만에 죄인이 되어 끌려온 것이다.

이어서 3명이 토호와 호방까지 끌려오면서 동헌이 발칵 뒤집혀졌다. 정운용은 끌려온 자들을 죽 둘러보며 호통쳤다.

"알 만한 사람들이 이런 짓을 저지르다니! 화전 마을이 한두 곳도 아니고, 이게 숨길 수 있는 일이라고 생각했소!"

과거였다면 불가능한 행동이었다.

아니, 잡혀 온 사람들은 제대로 쳐다보지도 못했을 양반이었다. 그러나 이제는 당당히 마주 볼 수도 있고 호통칠 수도 있게 되었다.

정운용의 목소리에 힘이 들어갔다.

"부보상 1명이 이곳에서 실종되었소. 그런데 우리가 화전민을 조사해 보니 그 부보상이 화전 마을을 드나들었던 사람이었소. 그런데 그대들은 철저하게 화전 마을을 감추려고 했고. 아무래도 이 두 일이 연관관계가 있는 것 같은데……."

정운용이 사람들과 눈을 맞췄다.

워낙에 닳고 닳은 사람들이어서 이 정도로는 눈도 깜빡하지 않았다. 그러나 정운용은 호방의 눈빛이 흔들리는 것을 알아챘다.

정운용이 소리쳤다.

"호방을 따로 모시도록 하라!"

이 말에 호방이 바로 엎드렸다.

"아이고, 살려 주십시오!"

그것으로 끝이었다.

사람까지 죽여 가면서 화전 마을을 숨기려 했다는 소식에 나라가 발칵 뒤집혔다. 국왕은 대로해 철저한 진상조사와 엄벌을 명령했다.

재판은 속전속결로 진행되었다.

직접 살인을 교사한 최성일과 살인범은 사형을 당했다. 살인을 방조한 세 사람은 무기형을 받았으며 호방은 20년 형을 받았다.

재산은 당연이 전부 몰수되었다. 그 바람에 죄인들 집의

식솔들이 길바닥에 나앉게 되었다.

이 소식이 퍼지면서 비리 아전들과 토호들은 하나같이 머리를 숙였다. 그 덕분에 인구조사가 일사천리로 진행되었다.

많은 아전들과 토호들이 체포되었다.

체포된 자들은 모조리 제주 노역장으로 보내졌으며 하나같이 재산이 몰수되었다. 체포된 자들은 거의 전부 지역의 토호들이어서 몰수된 재산의 규모는 엄청났다.

정부는 이렇게 조성된 재정을 아전들의 교육에 재투자했다. 아전들은 규모의 문제일 뿐 비리를 저지르지 않은 경우는 아무도 없었다.

그렇다고 모든 아전들을 처벌할 수는 없었다. 녹봉도 주지 않은 상황에서 비리를 저지르지 않고는 먹고살 길이 없었기 때문이다.

그래서 어느 정도는 눈감아 주었다. 그렇게 하지 않으면 지방행정이 마비될 지경이라는 현실적인 문제가 감안된 조치였다.

그 대신 범죄수익에 대해서는 자발적인 헌납을 받았다. 정부는 이렇게 과거를 털어 낸 자들을 대상으로 교육을 실시했다.

그리고 해가 바뀐 1월.

아전들과 관속들이 지방공무원이 되었다. 그와 함께 비리의 온상이었던 환곡(還穀)도 폐지되었다.

환곡은 본래 진휼제도로 출발했다.

춘궁기에 나라에서 곡식을 빌려주고 가을걷이가 끝나면 일정이자와 함께 환수하는 제도다. 이 제도는 삼국시대부터 실시되어 온 제도로, 오랜 전통을 갖고 있었다.

그러나 탐관오리들이 악용하면서 백성들의 등골을 빼먹는 제도로 변질되었다. 그로 인해 백성들은 더욱 가난해졌으며 민란의 가장 큰 원인이 될 정도였다.

그럼에도 없애지 못했던 까닭은, 해마다 춘궁기가 되면 많은 백성들이 굶주렸기 때문이다.

그러나 이제는 달라졌다.

대한무역이 본격적인 교역을 시작하면서 매월 수만 석의 쌀이 들어왔다. 그러다 징병제가 실시되면서 그 물량이 대폭 증대되었다.

비록 밥맛이 없기는 했으나 배고픈 백성들에게는 젖과 꿀이나 다름없었다. 이렇듯 지속적으로 쌀이 수입되면서 환곡의 필요성이 크게 떨어졌다.

이런 상황을 감안한 정부는 과감하게 환곡을 없애 버렸다. 군역 폐지에 이은 두 번째 개혁 조치가 시행된 것이다.

이제 남은 것은 전정(田政)뿐이다.

전정의 가장 큰 폐단은 이중과세다. 하나의 단위 토지를 두고 여러 세금과 부가세, 수수료로 인해 수확량이 절반가량이 날아갔다.

정부는 우선 삼수미를 없앴다. 삼수미는 훈련도감 병력의 급료와 등에 사용된다. 이런 삼수미가 폐지되었으며 균역법에 따른 결작도 폐지되었다.

더불어 각종 수수료와 부가세도 없어지면서 오로지 대동미만 남게 되었다. 그 결과, 백성들의 조세 부담은 현격하게 줄어들면서 짓눌렸던 어깨를 활짝 펴 주었다.

정부가 이렇게 과감한 조치를 취할 수 있었던 것은 대한무역이 납부하는 세금 덕분이었다.

대한무역은 홍삼교역 등의 교역으로 막대한 세금을 납부하고 있었다. 여기에 금은광산을 본격적으로 개발해 금은을 현물로 납부하며 세수를 증대시켰다. 그 바람에 조선의 재정은 이전에 비해 10배 이상 늘어났다.

세금이 줄어들지만은 않았다.

물품 거래와 공산품에 대한 세금도 새롭게 책정되었다. 특히 소득세가 새롭게 신설되는 등의 세금 체계가 확충되기도 했다.

세금이 늘어났음에도 백성들은 불만을 갖지 않았다. 소득이 있는 곳에 세금이 있다는 원칙이었기에 일반 백성들에게는 거의 부담이 없었기 때문이다.

아전들이 공무원이 되면서 조선의 행정 개혁은 기본적인 완성을 보게 되었다. 그렇게 국가의 기본 골격이 완성되면서 개혁은 이전보다 더 한층 탄력을 받게 되었다.

조선은 이렇듯 차곡차곡 국력을 키워 나가고 있었다.

그러나 반대로 바다 건너 일본은 전쟁 준비에 열을 올리고 있었다.

5장

신년 초.

일본 내각회의가 열렸다.

명치유신이 시작되면서 일본은 율령제의 태정관제를 부활
시켰다. 태정대신은 율령제도하에서의 최고 국가기관인 태
정관의 수장이다.

명치유신의 주동자들은 공가(公家) 출신의 두 사람을 최고
관직에 임명했다. 공가는 교토에서 대를 이어 천황을 모시던
귀족 가문을 말한다.

최고 지위에는 공가가 추대되었으나 실질적으로는 내무경
이 내각을 이끌고 있었다. 지금의 내무경은 5대째로 오쿠보
도시미치가 맡고 있었다.

평상시 내각회의에는 태정대신이나 우대신 등이 참석하지 않는다. 그러나 이번에는 태정대신 산조 사네토미(三條實美)와 우대신 이와쿠라 도모미(岩倉具視)도 참석했다.

산조 사네토미가 먼저 입을 열었다.

"여러 중신들의 건강한 모습을 뵈니 기쁘기 한량없습니다. 헌데 한 분이 보이지 않는군요. 어떻게 된 것입니까?"

내무경인 오쿠보 도시미치가 대답했다.

"전 문부경이며 전 내무경인 기도 다카요시(木戶孝允) 공의 몸이 좋지 않습니다. 그래서 요양을 위해 관직에서 잠시 물러나 있습니다."

"그렇군요. 기도 공이 보이지 않았군요. 그런데 기도 공은 한동안 본 적이 없는데 몸이 많이 아프신가 봅니다."

"예, 상당히 좋지 않은 것으로 알고 있습니다."

"안타까운 일이군요. 사십 대 초반의 젊은 분이 중병에 걸리셔서 어떡하나. 아무래도 인편을 보내 병문안이라도 해야겠네요."

"태정대신 각하께서 그렇게 배려해 주시면 기도 공께서도 크게 기뻐할 것입니다."

"알겠습니다. 그렇게 하지요. 그런데 오늘 내각회의에 나와 우대신을 부른 이유는 조선 공략 때문입니까?"

오쿠보 도시미치가 굳은 표정을 지었다.

"그렇습니다. 대마도협상이 결렬된 이후 그동안 우리는

많은 준비를 해 왔습니다. 그래서 오늘, 그에 대한 결과를 놓고 향후 대책을 논의하려고 합니다. 아울러 조선 공략 시기도 협의를 하고요."

산조 사네토미가 동의했다.

"좋습니다. 헌데 조선 공략에 대해서는 이견이 없는 것입니까? 제가 알기로 공부경인 이토 히로부미 공께서 부정적이라는 말을 들었습니다만."

이토 히로부미가 나섰다.

"이제는 그렇지 않습니다. 신중하자는 제안은 했지만 공략은 원칙적으로 찬성입니다."

"그렇군요. 그러면 다른 분들께서는 혹시 이견(異見)이 없으시고요?"

누구도 입을 열지 않았다.

산조 사네토미가 결정했다.

"좋습니다. 대신들께서 모두 찬성하신 것 같으니 폐하께 본 안건을 상신해 올리겠습니다."

오쿠보 도시미치가 고개를 숙였다.

"감사합니다, 각하."

우대신 이와쿠라 도모미가 나섰다.

"지금 준비는 어떻게 되어 가고 있습니까?"

야마가타 아리토모가 나섰다.

"6개 진대의 병력 중 근위군인 도쿄진대를 제외한 5개 진대에서 2만여 명을 차출했습니다. 그렇게 차출한 병력은 지난겨울 히로시마진대에서 훈련을 마친 후 시모노세키로 이동하려고 대기 중에 있습니다."

"선발대로 2만 명이라면 나쁘지 않군요. 헌데 조선을 제대로 공략하려면 적어도 10만은 있어야 하지 않습니까?"

야마가타 아리토모가 동의했다.

"정상적인 군대와 싸우려면 각하의 말씀이 맞습니다. 그러나 우리들이 그동안 조사한 바에 따르면 조선의 군사력은 형편없었습니다. 정규 병력 2개 대대만 있으면 점령이 가능하다는 보고가 올라올 정도로요. 그래서 우선은 2만 명으로 부산 일대를 점령한 후 상황을 다시 파악해 보려고 합니다."

이와쿠라가 바로 알아들었다.

"그렇게 한 뒤에 그동안 변화가 있는지 확인해 보려는 거로군요."

"그렇습니다. 2년이라고 해도 우리처럼 준비가 되지 않은 상태라면 군사력 증강은 어렵습니다. 더욱이 우리가 파악한 바로는 조선은 서양의 어떤 나라에서도 군사 무기를 도입하지 않았습니다."

"그 말씀은 조선의 무장이 전근대적이란 의미로군요."

"예, 각하. 저희들은 조선이 전쟁을 치른 프랑스와 미국의 전사(戰史)를 입수해 연구했습니다."

"오! 그렇게까지 노력했다고요? 호랑이는 토끼를 잡더라도 전력을 다한다고 했습니다. 야마가타 육군경의 말씀을 들으니 그 말이 생각나는군요. 잘하셨습니다."

칭찬을 들은 야마가타 아리토모의 광대가 승천했다. 그는 평상시보다 더 큰 목소리로 절도 있게 고개를 숙였다.

"감사합니다. 전사 조사 결과 조선은 양국과의 전쟁에서 막대한 군수 장비를 손실한 것이 파악되었습니다. 특히 미국과의 전쟁에서는 500여 문의 대포와 수만 정의 조총을 망실했다고 적혀 있었습니다. 그 기록을 토대로 해도 조선의 무장은 형편없는 것이 분명합니다."

이와쿠라 도모미가 격하게 동조했다. 서양에 대한 도쿄가 대단한 그답게 후한 말이 나왔다.

"대단하십니다. 서양의 기록문화는 아주 철저합니다. 그런 기록을 보고 파악한 정보라면 분명 정확할 것입니다."

"감사합니다."

이어서 가쓰 가이슈가 나섰다.

"우리 해군도 지난 2년여간 부단한 노력을 경주해 왔습니다. 다행히 그 노력이 성과를 거둬 서양 각국에서 2,000톤급 함정 10척과 1,000톤급 선박 10척의 매입에 성공했습니다. 덕분에 육군 병력은 물론이고 야포 등 각종 군수품을 충분히 수송할 수 있는 역량을 갖추게 되었습니다."

이와쿠라 도모미가 크게 놀랐다.

"그게 정말이오? 해군도 실로 놀라운 성과를 거뒀군요. 그런데 그렇게 많은 선박을 한꺼번에 구입할 예산은 어떻게 충당한 것이오?"

내무경인 오쿠보 도시미치가 대답했다.

"전시 국채를 발행했습니다. 다행히 프랑스 정부의 주선으로 우리 국채를 프랑스의 로스차일드 가문이 매입해 주었고요."

이와쿠라 도모미가 우려했다.

"전시 국채는 이자가 비싸다고 하던데 문제는 없는 것이오? 자칫 잘못하다간 국가 재정에 큰 부담이 될 수가 있습니다."

오쿠보 도시미치도 인정했다.

"솔직히 부담이 되는 건 사실입니다. 그래서 공부성(工部省)에 부탁을 해서 사도 금광을 비롯한 전국 주요 광산의 채굴량을 증대시키게 했습니다."

공부경인 이토 히로부미가 나섰다.

"지난해부터 전국 주요 금·은광에 기존 인력의 2배를 더 투입했습니다. 다행히 그 결과가 좋아서 생산량도 대폭 증대되었고요."

이와쿠라 도모미가 대번에 우려했다.

"다른 방도를 강구해야겠습니다. 금은광산을 확대한다는 건 일시적 방편 아니겠습니까?"

오쿠보 도시미치가 대답했다.

"서양으로 수출하는 도자기의 양이 요즘 들어 크게 증대되고 있습니다. 생사 수출도 탄력을 받고 있고요. 그래서 당분 간은 견딜 수 있습니다."

"으음!"

"그리고 지금의 자금 압박은 일시적인 현상입니다. 조선 공략에 성공만 하면 거기서 받은 배상금으로 원리금을 상환 하면 됩니다."

"무조건 이겨야 하는 전쟁이군요."

"물론입니다. 지금까지 준비해 온 것을 생각해서라도 무 조건 승리해야 합니다. 그리고 우리는 이길 것이고, 그것을 기화로 조선을 식민지로 만들 계획입니다."

이와쿠라 도모미도 동조했다.

"그렇게 해야겠지요. 단순히 배상을 받는 정도로는 무조 건 손해입니다."

"맞는 말씀입니다."

야마가타 아리토모가 거들었다.

"그렇지 않아도 모든 병력에게 그에 대한 계획을 주지시켜 두었습니다."

"군수물자 수급은 차질 없이 준비했습니까?"

야마가타 아리토모의 목소리가 커졌다.

"물론입니다. 동원된 병력은 프랑스에서 수입한 소총으로 전원 무장했습니다. 아울러 영국에서 암스트롱포도 100문이 나 들여왔고요. 특히 기관총은 미국으로부터 10문이나 들여

왔습니다."

"오! 기관총까지요?"

"그렇사옵니다. 미국에서 개발된 기관총은 엄청난 연사 속도를 보유하고 있습니다. 이런 기관총을 조선군과의 전투에서 사용한다면 분명 엄청난 효과를 보게 될 것입니다. 우리가 우려했던 조선의 의병이 수십 수백만이 몰려와도 모조리 격퇴시킬 수가 있사옵니다."

해군경 가쓰 가이슈도 동조했다.

"맞는 말입니다. 개틀링기관총은 분당 수백 발의 발사 속도를 갖고 있습니다. 그런 기관총으로 난사하면 버텨 낼 병력은 아무도 없을 것입니다. 구식 무기나 죽창으로 무장한 조선 의병 정도는 그대로 쓸려 나갈 것입니다."

이 말에 모두들 고개를 끄덕였다.

이와쿠라 도모미도 흡족해했다.

"좋습니다. 준비는 이 정도면 충분하니 더 확인할 것도 없군요. 그러면 출병은 언제 하려고 하십니까?"

야마가타 아리토모가 입을 열었다.

"겨울철에는 병력 이동이 어렵습니다. 그래서 2월 하순부터 병력을 이동하면 한 달 정도면 시모노세키로 집결할 수 있을 것입니다. 그런 뒤 휴식 기간과 군수품 확보 시간을 감안한다면 4월 정도가 적당할 것 같습니다. 물론 3월로 앞당길 수도 있지만 구태여 무리할 필요는 없다는 것이 우리 육군의 판단입니다."

가쓰 가이슈가 다시 동조했다.

"육군경의 말씀에 적극 동의합니다. 그 정도의 기간이라면 우리 해군도 충분히 준비를 마칠 수 있을 것입니다."

모처럼 육군과 해군이 마음이 맞았다. 야마가타 아리토모가 가쓰 가이슈에게 목례를 했다.

"제안을 받아 주셔서 감사합니다."

"아닙니다. 거국적인 전쟁이니만큼 당연히 도와드려야지요."

영국과 프랑스는 앙숙 관계다.

그런데 일본 육군은 프랑스의 도움을, 해군은 영국의 도움을 받고 있었다. 그로 인해 일본 육군과 해군은 창설 초기부터 협조가 잘 이뤄지지 않고 있었다.

그런데 모처럼 양군의 의견이 맞았다. 참석자들은 두 사람을 보면서 승리의 전조라며 기뻐했다.

그러다 산조 사네토미가 확인차 물었다.

"서양 국가 중에서 조선을 도운 나라는 끝내 찾아내지 못한 것입니까?"

데라시마 무네노리(寺島宗則) 외무경이 대답했다.

"찾을 수 없었습니다. 그동안 우리 외무성은 모든 역량을 동원해 그에 대한 조사를 해 왔습니다. 그러나 어떤 나라도 조선을 도운 정황을 파악하지 못했습니다. 그래서 저희는 조선이 자체적으로 벌인 작전의 결과가 아닌가 의심하고 있습니다."

산조가 고개를 갸웃했다.

"그럴 리가 있겠습니까? 허약해 빠진 조선의 군사력으로 어떻게 우리 함대를 공략할 수 있단 말입니까? 혹여 외무성의 역량이 부족해 찾아내지 못한 거 아닙니까?"

데라시마 무네노리가 펄쩍 뛰었다.

"절대 그렇지 않습니다! 우리 외무성의 노력이 어떠했는지는 내무경 각하께서도 잘 알고 있는 사실입니다!"

오쿠보 도시미치가 거들었다.

"맞습니다. 외무성은 그동안 최선을 다했습니다."

"그러면 우리 함대가 공략된 것은 어떻게 설명할 수 있습니까?"

야마가타 아리토모가 나섰다.

"지금으로선 우리 함대가 너무 안일하게 대처했을 가능성이 가장 높습니다. 그 당시 파견했던 함대들은 하나같이 조선의 무장이 형편없다는 사실을 알고 있었습니다."

"그래서 제대로 경계도 하지 않는 바람에 조선군에 급습당했다?"

"지금으로선 그렇다고밖에 생각되지 않습니다."

산조 사네토미가 가쓰 가이슈를 바라봤다. 그 시선을 받은 가쓰 가이슈 해군경이 깊은 한숨을 내쉬며 입을 열었다.

"후! 지금으로선 육군경 각하의 말씀에 동조하지 않을 수 없습니다. 송구합니다."

놀랍게도 가쓰 가이슈가 고개를 숙였다. 그 모습을 바라보던 산조 사네토미가 정리했다.

"좋습니다. 그 문제는 조선을 공략하고 난 뒤에 다시 살펴보도록 하지요. 그리고 기왕 칼을 빼 들었으면 철저하게 짓밟아야 합니다. 그래서 조선이 우리 대일본국에 대해 삿된 생각을 품지 못하도록 만들어야 합니다."

야마가타 아리토모가 이를 갈았다.

"물론입니다. 이번에 조선에 상륙해서는 철저하고 확실하게 짓밟을 것입니다. 그래서 두 번 다시 불손한 생각을 하지 못하도록 만들려고 합니다."

이와쿠라 도모미가 적극 나섰다.

"암요, 당연히 그래야지요. 우리 대일본은 화혼양재(和魂洋才)의 기반 위에 탈아입구(脫亞入歐)를 해야 합니다. 그래서 서양 제국과 어깨를 나란히 하는 유일한 동양 국가가 되어야 합니다. 그러기 위해서라도 조선이라는 화근덩어리를 옆에 두어서는 안 될 일이지요."

이 말에 모두가 결의를 다졌다.

이날의 결의 이후 일본은 조선 침략을 위해 차곡차곡 준비를 갖춰 나갔다. 이러한 움직임은 일본을 지켜보고 있는 마군의 감시망에 실시간으로 포착되었다.

3월 초 부산.

조선은 일본이 침략 야욕을 노골화하는 데 발맞춰 선제적 대응을 하고 있었다. 그 첫 번째로 부산에 방어본부를 설치해서는 일본의 동향에 맞춰 대응 태세를 구축해 나가고 있었다.

대진은 수시로 한양과 부산을 오가면서 회의에 참석해 왔다. 이날도 대진은 모처럼 대원군을 모시고 대책회의에 참석했다.

이번 회의에는 전군의 주요 지휘관은 물론 대원군과 수상인 홍순목도 참석했다. 회의는 국방대신 이경하가 주재했다.

"오늘은 국태공 저하와 수상 각하를 모시고 회의를 하게 되었습니다. 우선 저하께 앉은 자세로 인사를 드리도록 하겠습니다. 일동 차렷. 경례."

"충성!"

"만나서 반갑습니다."

이어서 수상에게도 인사하고는 회의가 시작되었다. 국방대신 이경하가 모두발언을 했다.

"3월 들어 일본의 움직임이 심상치 않습니다. 일본열도의 본섬 끝의 시모노세키(下關)로 일본의 주요 병력이 집결했습니다. 아울러 일본 해군도 대규모 함대를 집결시키고 있는 상황이고요."

대원군이 나섰다.

"침략이 얼마 남지 않았다는 의미로군요."

손인석이 동조했다.

"그렇습니다. 시모노세키는 일본 개혁의 온상입니다. 이번 침략을 주도하고 있는 육군경인 야마가타 아리토모와 공부경인 이토 히로부미의 고향이기도 합니다."

대원군이 의미를 분석했다.

"그런 곳에다 병력을 집결시켰다는 건 나름대로 의미가 있다는 거로군요."

대진이 거들었다.

"정확한 지적이십니다. 일본 정부 인사들은 이번의 침략에 상당한 명분을 부여하고 있는 것 같습니다. 과거 임진왜란 당시 조선 침략의 모항은 규슈 지역의 후쿠오카(福岡)였습니다. 이 후쿠오카는 쇄국정책 이전 대외 교역의 시발점이었고요."

대원군이 분석했다.

"일본 개혁의 온상이니만큼 항만시설도 상당히 잘 갖춰져 있겠지요?"

대진이 고개를 저었다.

"그렇지는 않습니다. 후쿠오카는 항구 전면에 여러 섬들이 산재해 있어 천혜의 방패막이 역할을 하고 있습니다. 반면에 시모노세키는 섬이 있기는 하지만 방패막이를 할 정도는 아닙니다. 더구나 항만시설도 완전하지 않습니다."

대원군이 질문했다.

"그런데 왜 후쿠오카를 이용하지 않는 것인가?"

"아무래도 사이고 다카모리의 영향이 큰 것 같습니다."

대원군이 고개를 갸웃했다.

"그가 누구인데 일본이 신경을 쓸 정도이지?"

"일본 개혁의 주역 중 1명입니다. 일본에서는 유신삼걸로 불리고 있는 인물입니다."

대진이 사이고 다카모리에 대해 설명했다. 그 설명을 들은 대원군이 바로 지적했다.

"우리 조선을 정벌하자는 정한론의 대표 인물이 그자라니. 그런 인물이 규슈에 있다면 그의 지원을 받기 위해서라도 후쿠오카를 모항으로 선정해야 하지 않나?"

대진이 고개를 저었다.

"정치적인 문제가 있습니다. 지금의 일본 내각을 이끌고 있는 내무경인 오쿠보 도시미치도 유신삼걸입니다. 그런데 그는 처음부터 사이고 다카모리와 사이가 좋지 않습니다."

대원군이 바로 알아들었다.

"그래서 사이고 다카모리의 정한론에 반대했겠구나."

"그렇습니다. 오쿠보 내무경은 철저하게 사이고 다카모리와는 정치적으로 결을 달리했습니다. 그러다 몇 년 전에 있었던 정치투쟁에서 사이고 다카모리가 패해서 모든 관직을 내려놓고 규슈의 가고시마로 내려가야 했고요."

"그렇구나. 그런 내부적인 문제가 있었어. 그런데 조선 침략은 사이고 다카모리가 그렇게 하고 싶었던 일인데도 이번 일로 봉합되지 않는가 보네?"

"사이고 다카모리의 고향인 가고시마는 본래는 시마즈 가문이 통치하는 지역으로, 에도막부에 반기를 들었던 곳입니다. 왜구의 온상이기도 하고요."

왜구의 온상이란 말에 조선 출신 지휘관들의 안면이 일그러졌다. 양헌수가 이를 부득 갈았다.

"그런 곳이라면 나중에라도 철저하게 밝아 줄 필요가 있겠습니다."

대진의 설명이 이어졌다.

"사이고 다카모리가 낙향한 이후 가고시마는 중앙정부의 지시를 이행하지 않고 있습니다. 그래서 세금은커녕 병력도 자체적으로 운영하면서 거의 반독립 상태입니다."

그 말에 홍순목이 기가 찬 표정을 지었다.

"아니, 그런 지역을 그대로 놔두고 있습니까?"

"그만큼 사이고 다카모리의 위상이 일본에서는 대단하다는 방증입니다. 저희가 조사한 바로는 사이고 다카모리는 본래 반란을 기획하고 있었다고 합니다. 그러다 중앙정부가 병력을 동원해 조선을 침략하려는 것을 보고 일단 웅크리고 있는 상황이고요."

대진의 설명을 들은 양헌수의 목소리가 달라졌다.

"그를 이용하는 것도 방법 아니겠소? 적의 적은 아군이란 말도 있습니다. 일본 정부에 불만이 많은 그자를 잘만 이용한다면 일본을 뒤흔드는 데 아주 큰 도움이 될 수 있을 것 같소이다."

그때 대원군이 손을 들었다.

"그 문제는 차후에 다시 논의하기로 합시다. 그보다는 우리의 준비 태세가 어떤지 궁금하오."

대진이 설명했다.

"대한무역이 상해에서 파악한 바로는 일본이 국채를 발행했다고 합니다. 그 국채를 프랑스의 도움을 받아 로스차일드 가문에 판매했고요. 그렇게 마련한 자금으로 2,000톤급 전함을 20척이나 구입했다고 합니다. 1,000여 톤급의 수송함도 10여 척 구입했고요."

대원군이 깜짝 놀랐다.

"일본의 국채를 서양의 일개 가문이 전부 매입했단 말인가?"

"그렇습니다."

"대체 어떤 가문이기에 한 나라가 발행한 국채를 매입할 수 있단 말인가?"

"로스차일드 가문은 금융을 전문으로 취급하는 가문입니다. 그리고 한 곳이 아닌 독일을 비롯한 유럽 5개국에 퍼져 있습니다. 그렇게 퍼져 나간 로스차일드 가문은 각 나라에서 막강한 영향력을 발휘하고 있습니다. 이들은 수시로 발생하는 유럽에서의 전쟁을 이용해 막대한 부를 창출하고 있습니다.

아울러 철도 등의 국가기간산업에도 적극 진출해 있고요."

수상인 홍순목이 놀라워했다.

"얼마나 가문의 돈이 많기에 전쟁까지 이용한단 말인가?"

"말로는 쉽게 표현하기 어려울 정도입니다. 일례로 그들의 본가인 독일 프랑크푸르트에 살고 있는 모친은 '우리 아이들이 결정하지 않으면 유럽에서 전쟁이 일어나지 않는다.'라고 말하기도 했습니다."

여기저기서 탄성이 터졌다. 대원군도 침음할 정도로 놀랐다.

"으음! 그런 가문이 일본을 도와줄 정도라면 큰일 아닌가?"

대진이 딱 한마디로 정리했다.

"우리가 승리하면 됩니다. 그것도 철저하게 승리해서 로스차일드 가문이나 다른 나라가 쉽게 도와주지 못할 정도로 굴복시키면 됩니다."

대원군이 고개를 저으며 너털웃음을 터트렸다.

"허허! 이 특보가 너무도 쉽게 말을 하는구나. 이기려고 하는 전쟁은 분명 맞다. 그러나 적을 완전히 굴복시킬 정도로 압도적인 승리를 하는 것은 결코 쉽지 않아."

이 말에 손인석이 나섰다.

"그렇지 않습니다. 우리는 분명 승리할 것이며 그것도 압도적으로 굴복시킬 것입니다. 그래서 이번 전쟁은 물론이고 과거 임진왜란에 대한 사과와 배상까지 철저하게 받아 낼 것입니다."

홍순목이 우려했다.

"나도 그렇게 일본을 압도적으로 승리했으면 좋겠습니다. 허나 말처럼 이뤄지기는 결코 쉽지 않을 겁니다. 그러니 너무 무리하지는 마십시오. 만일 너무 과도한 목표를 책정했다가 실패한다면 그 후유증이 만만치 않을 것 같아 걱정입니다."

손인석이 고개를 저었다.

"수상께서는 조금도 걱정하지 마십시오. 적당히 굴복시키려 했다면 애초부터 전쟁을 시작하지도 않았을 겁니다."

대진도 거들었다.

"총사령관님의 말씀이 맞습니다. 적당한 승리를 하려 했다면 지난번 일본 함대를 나포한 뒤 적절히 정리했을 겁니다. 만일 그때 우리가 양보해 함대를 돌려주며 합의를 보려 했다면 일본도 더 이상 무리한 요구를 하지 않았을 겁니다. 허나 그렇게 되었다면 그들은 이번이 아니더라도 언젠간 그 함대까지 몰고 왔을 것입니다."

"으음!"

"일본은 조선 침략의 야욕을 절대 버리지 않습니다. 그런 일본을 제압하기 위해서라도 철저하고 확실한 굴복만이 최선입니다. 그리고 이번에 벌어질 해전에서는 우리 마군은 지원하고 조선 수군이 주공을 벌일 것입니다."

대진의 입에서 밝혀진 진실에 홍순목이 크게 놀랐다.

"아니, 그게 사실입니까?"

"그렇습니다. 그동안 우리는 군사 무기에서 비약적인 성장을 했습니다. 특히 새로운 화약으로 장약한 덕에 포탄의 위력과 사거리는 이전에 비해 2~3배는 늘어났고요. 그리고 해전은 공격보다 방어가 훨씬 유리하기 때문에 승산은 충분합니다."

"그렇다면 이전처럼 특전대를 동원한 나포는 하지 않을 계획이로군요."

대진이 고개를 끄덕였다.

"네. 그렇게 하기가 쉽지 않습니다."

"무슨 문제가 있는 것이오?"

"이번 전쟁에는 서양 무관들이 대거 참관하게 될 것입니다. 그런 무관들에게 우리가 보유한 신무기를 보여 주는 건 엄청난 문제를 야기할 수 있습니다."

대진의 설명을 들은 홍순목은 대번에 그 뜻을 이해했다.

"아! 그래서 우리 수군만으로 저들을 막으려는 것이군요."

"그렇습니다. 하지만 그렇게 해도 충분히 막을 자신이 있습니다."

그렇게 말한 대진이 수군 함대사령관을 바라봤다. 그 시선을 받은 함대사령관들은 일제히 고개를 끄덕였다.

대진이 말을 이었다.

"그래도 잠수함과 다른 함정이 원거리에서 대기하고 있을 겁니다. 그래서 우리 방어선이 돌파되면 즉각 응전할 것입니다. 그럼에도 방어선이 뚫리면—물론 그렇게 될 가능성은 적겠지만— 해운대 일대에 거치된 해안포로 적을 수장시킬 것입니다. 그러니 조금도 걱정하지 않으셔도 됩니다."

손인석이 단언했다.

"우리가 있는 한 조선 바다를 침공하는 적을 절대 용서하지 않을 겁니다."

홍순목이 크게 기꺼워했다.

"믿습니다. 당연히 믿고 있지요. 제가 마군을 믿지 않으면 누굴 믿겠습니까?"

그때 수군 총사령관 이재봉이 나섰다.

"지금부터 각 함대의 위치와 편제 상황을 보고해 드리겠습니다."

이재봉의 보고는 한동안 이어졌다. 이어서 손인석도 육군의 방어 태세에 대해 보고했다. 이런 보고가 이어지면서 이날 회의는 꽤 오래 진행되었다.

도고 헤이하치로가 갑판을 둘러봤다. 그의 주변으로 승조원들이 출항을 위해 뛰어다녔다.

도고 헤이하치로는 본래 영국 유학 중이었다. 그런 그가 귀국하게 된 것은 조선과의 전쟁에 대한 전보를 받아서였다.

도고 헤이하치로는 규슈 가고시마 출신으로 본래는 육군 포병이었다. 그러다 일본이 강대국이 되려면 해군을 육성해야 한다는 생각을 하게 된다.

그런 이유로 해군에 입대한 그는 1871년 소위로 임관해서는 11명의 동료들과 유학을 떠났다. 그런 도고 헤이하치로는 본래 내년에 돌아올 예정이었다.

그러나 일본이 전쟁을 앞두고 있다는 전보를 받고는 동료들과 급거 귀국했다. 그리고 몇 개월 만에 소좌까지 초특급 승진을 했다.

소좌로 승진한 그는 1,000톤급의 수송선의 함장을 맡아 참전하게 되었다. 도고 헤이하치로는 육군 시절 가고시마에서 참전한 경험이 있었다.

1863년 16살이 된 도고 헤이하치로는 포술장이 되어 전쟁에 참전했다. '사쓰에이 전쟁' 또는 '가고시마 포격전'이라고 불리는 이 전쟁은 사쓰마는 영국에 배상금을 지급하고 휴전했다.

사쓰마가 패전하지는 않았다.

그러나 영국 해군의 포격에 가고시마 일대가 막대한 재산 피해를 입고 말았다. 그리고 영국 해군의 위력에 밀려 배상금을 지급하고 휴전한 것이었다.

도고 헤이하치로는 이때 자신이 전담한 해안포로 무수히 포격했다. 그러나 영국 함정에 피해는커녕 오히려 반격당해

포대가 괴멸되어야 했다.

이 전쟁을 겪으면서 도고 헤이하치로는 해군의 중요성을 알게 되었다. 그 후 기회를 엿보다가 해군에 입대해 임관하게 된 것이다.

도고 헤이하치로는 잠시 가고시마에서의 전쟁을 떠올렸다. 그러던 그는 주먹을 움켜쥐면서 스스로에게 다짐했다.

"어떠한 일이 있더라도 이번 반드시 전쟁에서 승리한다. 그리고 장차 있을 외세의 침략에 대비하기 위해 막강한 해군력을 육성할 것이다."

이때 갑판장이 다가왔다.

"함장님, 출항 준비를 마쳤습니다."

"그래, 수송 병력은 어떻게 되었나?"

"모두 선실에 입실을 완료했습니다."

"좋아. 그러면 기함으로 준비를 마쳤다는 보고를 날리도록 하라."

"예, 알겠습니다."

"기관실에도 보일러를 예열하도록 전달하라."

"예, 함장님."

영국군 참전무관인 제임스 영 대위가 다가왔다.

"도고 함장."

도고 헤이하치로가 능숙하게 영어로 대답했다.

"어서 오게, 영 대위."

"어떻게, 출항 준비는 잘되어 가고 있나?"

"방금 갑판장이 준비를 마쳤다고 보고했네."

제임스 영이 배를 둘러봤다.

"전함이 아닌 수송선을 맡게 되어서 아쉽겠어."

도고 헤이하치로가 씁쓸해했다.

"어쩔 수 없지. 영국에서 돌아온 지 얼마 되지 않았는데 이 배를 맡은 것만으로도 영광이지. 만일 해군경인 가쓰 가이슈 공께서 도움을 주지 않았다면 이 배도 맡지 못할 뻔했어."

"함께 온 동료들은 배를 맡지 못했나?"

"아니네. 다들 나보다 작은 배는 맡았다네. 나는 소좌가 된 지 얼마 안 되었지만 논의 끝에 1,000톤 수송선을 맡게 된 것이고."

"아! 그래서 가쓰 해군경이 도와주었다는 말을 한 거로구나."

"맞아. 그분의 도움이 아니었다면 300톤 규모의 소형 함정의 함장이 되었을 거야."

"그런 우여곡절이 있었을 줄 몰랐네. 어쨌든 첫 번째 함장으로 1,000톤급을 몰게 된 것을 축하하네."

"고맙네."

이때 부장인 가토 도모사부로(加藤友三郎)가 다가왔다.

"함장님, 곧 함대가 출항한다는 기함의 전언입니다."

"알겠다. 부장은 전함의 승조원과 탑승해 있는 육군 병력에도 출항 준비를 시키도록 하라. 기관실에도 출력을 높이라고 지시하고."

"예, 알겠습니다."

가토 도모사부로가 전성관으로 달려갔다. 그리고 기관실과 선실로 연결된 전성관에 소리쳤다.

"곧 출항이다! 승조원과 탑승 병력은 출항을 준비하라! 기관실은 출력을 높이도록 하라!"

도고 헤이하치로가 선수로 나갔다. 그리고 망원경을 들어 기함에서 날아오는 신호를 기다렸다.

그리고 신호가 포착되었다.

"출항이다! 닻을 올리고 기관실은 엔진의 출력을 최대로 높여라!"

덜컹, 쫘르르!

해저까지 내려져 있던 닻이 올려졌다. 그와 동시에 함정이 출렁이고는 천천히 전진했다.

드디어 일본 해군 함대가 출항을 시작했다. 이러한 움직임은 레이더와 무인관측기에 의해 실시간으로 조선 수군에 감지되고 있었다.

조선 수군 총사령관이 즉시 명령했다.

"일본 해군이 기동했다! 각 함대는 출정하라!"

부산근방에서 대기하고 있던 조선 함대도 본격적으로 기동을 시작했다. 그렇게 기동을 시작한 조선 함대는 대마도를 향해 나아갔다.

시모노세키에서 부산까지 800여 킬로미터다.

일본 해군 함대의 평균속도는 대략 10노트다. 그러나 대형을 유지하며 항진해야 했기에 실제 속도는 그보다 늦다.

그래서 일본 함대는 부산까지 3일 일정으로 출발했다. 그런 일본 함대는 이틀을 항해하고서야 대마도를 통과했다.

그렇게 대마도를 막 지날 무렵.

땡! 땡! 땡! 땡!

선두에서 항진하던 일본 함대 기함에서 급박한 종소리가 울렸다. 비상종은 곧 모든 함대로 전달되었고, 도고 헤이하치로의 함정에도 울려 퍼졌다.

도고 헤이하치로는 급히 선수로 달려갔다. 그러나 그의 함정은 함대 후미여서 아직 전방의 상황이 확인되지 않은 시점이었다.

잠시 후.

대마도를 끼고 도는 순간 바다에 떠 있는 일단의 함대가 포착되었다. 도고 헤이하치로가 급히 망원경을 들어서 살피다가 깜짝 놀랐다.

"정녕 저것이 조선 해군 함대란 말이야?"

제임스 영 대위가 다가왔다.

"도고 소좌, 무엇을 보고 놀란 것이오?"

도고가 망원경을 건넸다.

"전방의 함대를 살펴보시오."

제임스 영 대위가 아무 생각 없이 망원경을 건네받았다. 그리고 전방을 살피고는 크게 놀랐다.

"아니, 저게 정녕 조선의 함대란 말이오?"

"지금 이 바다에서 대규모 함대를 동원할 수 있는 곳은 우리와 조선뿐이네."

"믿을 수가 없구나. 개항도 하지 않은 조선이 어떻게 저렇게 대단한 함대를 보유할 수 있단 말인가?"

도고 헤이하치로가 침음했다.

"으음! 이거 뭔가 상황이 이상하게 흘러가는 것 같구나."

이때 전방 함정에서 전투준비 신호가 날아왔다. 그것을 확인한 도고 헤이하치로가 소리쳤다.

"전투준비를 하라!"

땡! 땡! 땡! 땡!

그의 지시에 갑판이 부산하게 움직였다. 그러자 선실에서 대기하고 있던 육군 장교가 달려왔다.

"어떻게 된 일인가?"

"전방에 조선 함대가 나타났습니다. 그래서 기함에서 전투준비를 하라는 지시가 떨어졌습니다."

"무엇이라고?"

중좌인 육군 장교가 급히 망원경을 들었다. 그런 그도 다른 사람처럼 소리를 내질렀다.

"으아! 저게 대체 뭐야! 조선에 어떻게 저렇게 큰 함정이 있단 말이야?"

육군 중좌가 확인했다.

"도고 함장, 전방의 저 함대가 정녕 조선 함대가 맞는 건가?"

"아직 깃발이 확인되지는 않습니다만 정황상 조선 함대로 보입니다."

"말이 되지를 않아. 지금까지 조선은 군사력이 형편없는 것으로 알려져 있었다. 그런데 그것이 전부 속임수였단 말인가?"

도고가 고개를 저었다.

"저도 어떻게 된 영문인지 모르겠습니다."

"그런데 저 배의 규모가 얼마나 되는 건가? 혹시 우리의 기함보다 큰 건 아니겠지?"

그 질문에 도고의 안색이 흐려졌다.

"대체로 우리와 비슷한 것 같습니다. 심지어 몇 척은 우리보다 큰 것으로 보입니다."

육군 중좌의 눈이 더없이 커졌다.

그가 뭐라고 말하려고 할 때.

쾅!

일본 함대 기함의 함포가 불을 뿜었다. 조일전쟁의 서전은 이렇듯 일본의 포격으로 시작되었다.

6장

조선 수군 제1함대사령관은 윤보영 제독이다. 백령도 함장이었던 윤보영은 백령도 승진과 함께 제1함대사령관을 맡고 있었다.

　윤보영 제독이 놀랐다.

　"아니, 저게 뭐야. 포격 거리도 아닌 곳에서 포격을 하다니. 위협사격을 하는 건가?"

　1함대의 기함은 미국 함대에서 나포한 5,000톤급 전함이다. 기함에는 대진을 비롯해 수군 부사령관 이기운도 승선해 있었다.

　이기운은 제7기동함대부사령관 출신이다. 이기운이 일본 함대의 포격을 보고 한마디 했다.

"윤 사령관의 말대로 일본 함대가 위협포격을 한 것 같은데? 조선 함대가 아니면 비키라는 의미로 말이야."

윤보영이 어이없어했다.

"기가 찬 일이네요. 조선 함대가 아니면 다른 함대가 여기에 올 일이 어디 있다고 저런 짓을 벌이는지 모르겠네요."

대진이 짐작했다.

"우리가 조선 함대가 아니길 바라겠지요. 저들로서는 도무지 이해가 되지 않은 일이 벌어지고 있는 상황일 테니까요."

윤보영이 크게 웃었다.

"하하하! 역시 이 특보야. 몇 년 동안 특보 생활을 하다 보니 상황 판단이 누구보다 탁월해졌어."

대진이 머쓱해했다.

"과찬이십니다. 저는 단지 상황을 짐작했을 뿐입니다."

"그게 중요한 거야. 지휘관이든 정치를 하는 사람이든 상황 파악이 빨라야 해. 그래야 누구보다 빠르게 상황에 대처할 수가 있는 거야."

그렇게 말한 윤보영은 기함의 함장을 보고 지시했다.

"강 함장, 우리도 가만있을 수는 없잖아. 한 방 단단히 먹여 줘야겠어."

"예, 저들이 좀 더 다가왔을 때 제대로 타격을 가하겠습니다."

"초탄도 그냥 버리지 않겠다는 거야?"

"그렇습니다. 아직 3함대가 적의 후미를 완전히 장악하지 않은 시점입니다. 그러니 좀 더 기다렸다가 결정적 타격을 가하겠습니다."

윤도영의 고개가 크게 끄덕여졌다.

"좋아. 그런 판단은 함장이 알아서 하도록 해."

포격을 가했음에도 조선 함대가 대응하지 않자 일본 함대는 한 번 더 포격했다. 그럼에도 조선 함대는 대응하지 않고 천천히 전진했다.

그러던 어느 순간.

기함의 주포가 불을 뿜었다.

쾅! 쾅!

그렇게 쏘아진 2발의 포탄은 일본 함대 기함의 바로 옆에 떨어졌다. 커다란 물기둥이 수면에서 솟구치면서 일본 함대 기함으로 쏟아졌다.

일본 함대사령관은 혼비백산했다.

"아니, 이게 어떻게 된 거야? 저 함대와의 거리가 10여 킬로미터가 넘는데 어떻게 포탄이 여기까지 날아올 수 있는 거야?"

일본 함대 기함의 함장도 놀랐다. 그는 곤혹스러운 표정을 지으며 연신 고개를 갸웃거렸다.

"이거 뭔가 이상한 것 같습니다. 우리 함포의 사거리의 2배 이상입니다."

"으음!"

조선 수군의 포격 사거리가 많이 나온 까닭은 신형 화약

덕분이었다. 하지만 그러한 사정을 알 도리가 없는 일본군으로서는 그저 혼란스러울 따름이었다.

놀란 것은 이들만이 아니었다. 일본 함대의 기함은 물론 주변 함정의 승조원들도 하나같이 혼비백산한 표정들이었다.

이에 반해 조선 수군의 1함대 기함은 사정이 달랐다.

조선 함대는 지리산과 태백산 등 마군 함대의 후방지원을 받고 있었다. 그런 지원 중 하나는 사격통제장치를 이용한 포격이었다.

기함의 함장이 지리산과 교신했다.

"수정 좌표……. 알았어."

함장이 즉각 메모를 건넸다.

"주포의 좌표를 수정해서 포격하라!"

메모를 받은 주포는 즉각 좌표를 수정했다. 그러고는 곧바로 2발의 함포를 연속 발사했다.

쾅! 쾅!

바다에서 움직이는 표적을 포격하는 일은 대단히 지난하다. 더구나 너울을 따라 흔들리는 상황에서는 난이도가 훨씬 높아진다.

이 시대에는 아직 사격통제장치가 없다.

그래서 함포가 포격을 할 때는 경험이 많은 포술장의 능력이 결정적 역할을 하게 된다. 일본 함대도 당연히 이런 상황이었기에 조선 함대의 포격을 크게 두려워하지는 않았다.

그러나 조선 함대는 달랐다.

1함대 기함은 지리산의 레이더로 정확한 사격제원을 받았다. 그런 뒤 사거리를 수정해서 발사한 포탄은 일본 함대 기함을 그대로 타격했다.

꽈꽝! 꽝!

신형 화약이 장약된 포탄은 위력도 대단했다. 단 2발의 포격으로 일본 함대 기함이 그대로 박살 났다.

이때부터 포격전이 시작되었다.

꽝! 꽝! 꽝! 꽝!

조선 함대는 철저하게 계산된 포격을 했다. 그 결과, 초탄 2발을 제외한 포탄의 대부분이 일본 함대를 정확히 적중했다.

전방을 살피던 관측병이 목이 터져라 소리쳤다.

"1번 목표물 적중! 2번 목표물 적중! 3번 목표물 적중……!"

조선 함대는 미리 레이더로 일본 함대의 함정에 식별번호를 부착해 두고 있었다. 관측병은 그에 따라 타격되는 적함 번호를 신명 나게 외쳤다.

포격이 시작되고 얼마 지나지도 않았지만 일본 함대는 차곡차곡 검붉은 화염에 휩싸여 갔다.

일본 함대도 무작정 당하지는 않았다.

조선 함대가 포격을 감행하자 이들도 대응 포격을 해 대었다. 그러나 일본 함대가 쏜 포탄은 두 함대의 중간 해역에서 물기둥만 뿜어 올릴 뿐이었다.

윤보영 제독의 목소리가 높아졌다.

"좋았어. 이대로라면 얼마 가지 않아 모조리 때려잡을 수 있겠다."

대진도 거들었다.

"압도적이네요. 해전에서는 함포의 위력이 좋으면 더 이상 바랄 게 없네요."

"맞아. 우리가 보유한 함포라면 1만 톤급도 대적이 가능할 것 같아."

"하하하! 1만 톤은 너무 과한 거 아닙니까?"

윤보영의 고개가 저어졌다.

"절대 그렇지 않아. 1만 톤급 전함의 측면 장갑은 30㎝ 정도야. 그런 장갑 정도는 우리가 새로 개발한 철갑탄이면 충분히 격파가 가능해. 더구나 지금의 전함은 전부가 리벳공법으로 만들었잖아."

대진이 바로 수긍했다.

"아! 맞습니다. 리벳은 아무리 잘 만든다고 해도 기본적으로 용접 방식과는 차이가 있지요."

"그래, 리벳으로 연결된 선체는 외부 충격에 약할 수밖에 없어."

대진이 전방을 바라봤다.

"그런데 포격 솜씨가 정말 대단하네요. 아무리 사격제원을 받아서 포격을 한다지만 몇 발 쏘지도 않고 백발백중 맞혀 나갑니다."

윤보영도 동조했다.

"그러게 말이야. 조선 수군 출신 포술장의 능력은 내가 봐도 최상이야. 저 정도로 정확하게 포격하는 것은 능력이라고밖에 표현할 방법이 없어."

"우리에게는 행운이지만 일본 함대에는 악운이네요."

윤보영이 크게 고개를 끄덕였다.

"불행도 이런 불행은 없겠지. 만나자마자 수중고혼이 되게 생겼으니 말이야."

"그러게 말입니다."

도고 헤이하치로는 정신이 없었다.

불과 몇 시간 전만 해도 온 바다를 장악하며 전진하던 함대였다. 들리는 소문에 따르면 조선은 군사력이 형편없다고 했다.

그런 조선을 점령하러 가는 길이었기에 항해하는 내내 마음도 가벼웠다. 그런데 조선 함대가 나타나는 순간 지옥으로 변해 버렸다.

초탄은 분명 일본 함대가 먼저 발사했다. 그러나 조선 함대의 반격이 시작되면서 제대로 손쓸 틈도 없이 무참히 깨져 나가고 있었다.

"아아! 믿을 수가 없어. 그동안 외부에 알려진 조선의 군사력은 전부 거짓이었어. 허약하다던 조선이 어떻게 저렇게 엄청난 함포를 보유하고 있단 말인가?"

제임스 영 대위도 도고 헤이하치로의 한탄에 동조했다.

"직접 보고도 믿을 수가 없구나. 함포의 사거리도 그렇지만 포탄의 위력도 대단해. 저 정도면 우리 영국의 함포보다 사거리가 훨씬 더 긴 것 같아."

"그나저나 큰일이구나. 이대로라면 우리 함대는 전멸을 면치 못할 것 같아."

제임스 영이 제안했다.

"대적이 불가하면 후퇴하는 게 좋지 않겠소?"

도고 헤이하치로가 고개를 저었다.

"그럴 수는 없네. 나 혼자 살자고 후퇴했다간 바로 군사재판감이야."

이때였다. 승조원 중 1명이 소리쳤다.

"함장님! 후미에 적 함대가 나타났습니다!"

도고 헤이하치로가 놀라서 황급히 함미로 달려갔다. 그는 멀리서 나타난 조선 함대를 보고 절망했다.

"아아! 후방까지 장악하다니, 조선군이 우리를 모조리 수장시킬 작정을 했구나! 이제는 아예 퇴로까지 차단되어 버렸어."

3함대사령관은 권율함의 함장이었던 임송빈 제독이었다.

서해 방어를 전담하고 있는 3함대는 다른 함대보다 보유 함 정은 많았다. 그러나 대형 함정을 보유하고 있지 못해서 기 함은 3,000톤급이었다.

임송빈이 주먹을 움켜쥐었다.

"단단히 각오를 해라. 우리가 온 이상 1척도 돌려보내지 않을 것이다. 참모장."

"예, 제독님."

"각함에 연락해 전투태세를 점검하게 하라."

"예, 알겠습니다."

3함대가 전투해역에 도착할 무렵 양측의 전투는 최고조에 달했다. 아니, 조선 수군의 일방적인 공격에 일본 함대의 주 력이 맥없이 무너지고 있었다.

일본은 이번 전쟁을 위해 막대한 금액의 전시 채권을 발행 했다. 그렇게 해서 구입했던 20척의 전함의 절반이 포격에 수장되거나 침몰되기 직전이었다.

남은 10척의 전함도 무참하게 깨져 나가고 있었다. 조선 수 군의 워낙 거센 공격에 제대로 된 반격을 못 했기 때문이다.

이제 남은 함정은 10척.

그것도 병력과 각종 군수 장비를 잔뜩 선적한 수송선이 대 부분이었다. 그런 수송선을 대상으로 제3함대의 함포가 불 을 뿜었다.

쾅! 쾅! 쾅! 쾅!

수송선이라 해서 무장하지 않은 것은 아니었다. 그러나 주요 임무가 수송이었기에 무장은 다른 전함에 비해 상대적으로 빈약했다.

가뜩이나 전력 차이가 압도적이었다. 그런 상황에서 제3함대가 포격을 가해 오니 일본 해군의 수송선은 그냥 깨져 나갔다.

꽈꽝! 꽝!

도고 헤이하치로는 당황했다.

수송선은 일본 함대의 후미에 있어서 지금까지는 안전했다. 그러나 이제는 후미가 따라잡히면서 전방이나 다름없게 되었다.

"하! 이걸 어쩌면 좋은가?"

주변에 있던 수송선이 하나둘 깨져 나갔다. 그런 모습을 보며 도고 헤이하치로는 주먹을 움켜쥐었으나 달리 어찌할 방도가 없었다.

제임스 영 대위가 조심스럽게 권했다.

"도고 함장, 이대로라면 대응도 못 하고 침몰하게 생겼네. 그러니 이쯤해서 백기를 내거는 건 어떻게 생각하나?"

도고 헤이하치로가 펄쩍 뛰었다.

"나보고 지금 항복하라고? 절대, 절대 그럴 수는 없네. 항복하려고 7년간 영국에서 고생한 게 아니야."

"나도 도고 함장이 고생을 많이 한 것은 잘 알고 있어. 그러기 때문에 항복을 권유하는 것이고. 무장이 확실한 전함들도 조선 해군의 상대가 되지 않은 상황인데 어떻게 수송선으로 상대할 수 있겠어?"

그러나 도고 헤이하치로는 고개를 저었다.

"그래도 항복만은 안 돼."

"잘 생각해 보게. 지금 이 배에는 승조원뿐만 아니라 800명의 병력이 타고 있어. 그 많은 목숨을 자네의 고집 때문에 죽게 할 셈인가?"

"……그래도 항복은 안 돼."

도고 헤이하치로가 같은 말을 되풀이했다. 그러나 아니라는 말을 하는 그의 얼굴에는 처음과 달리 갈등하는 표정이 역력히 떠올라 있었다.

그런데 이때, 갑판장이 소리쳤다.

"함장님, 저 건너 함정이 백기를 내걸었습니다!"

그 말에 도고 헤이하치로가 놀라서 갑판장이 가리킨 곳을 바라봤다. 정말로 수송선 1척이 제3함대의 포격을 당해 내지 못하고 백기를 내건 것이 보였다.

그것이 신호가 되었다.

곧이어 다른 수송선에서도 속속 백기가 내걸렸다. 그것을 본 제3함대는 급히 포격을 멈추었다.

"……."

도고 헤이하치로는 극심히 갈등했다. 그러나 포술장의 외침에 결심을 굳힐 수밖에 없었다.

"함장님, 조선군이 우리 배를 향해 함포를 돌리고 있습니다!"

도고는 한숨을 내쉬었다.

"……후! 우리도 백기를 내걸도록 하라."

해전은 일방적으로 끝났다.

수송선에서 백기를 내걸기 시작하자 공격당하던 전함들도 하나둘 백기를 내걸었다.

그리고 어느 순간 조선군의 함포 공격이 멈췄다.

모든 일본 함정이 백기를 내걸었기 때문이다.

"와!"

"만세."

"이겼다!"

대진도 양팔을 번쩍 들었다.

이길 거라고는 처음부터 예상하고 있었다. 그러나 수십 척이나 되는 일본 함대를 일방적으로 몰다가 거둔 승리는 너무도 값졌다.

"만세! 이겼다!"

그래서일까, 대진은 자신도 모르게 소리치고 말았다. 그러자 그런 대진의 옆에 있던 윤보영도 두 팔을 번쩍 들고서 만세를 연호했다.

그러다 급히 정신을 가다듬었다.

"아직 모든 전투가 끝난 것이 아니다. 그러니 마지막까지 정신을 집중해 유종의 미를 거두도록 하자!"

"예, 알겠습니다."

그의 말대로 전투가 종료된 것은 아니었다. 급히 정신을 차린 조선 수군은 몇 척의 함정을 일본 함대 가까이 전진시켰다.

그러고는 불길이 치솟고 있는 일본 함정부터 도움을 주었다. 조선 수군의 도움을 받은 일본 함정들은 빠르게 안정을 찾아갔다.

이런 와중에도 몇 척의 함정이 더 침몰했다. 침몰한 배에서 뛰어내린 일본 해군은 조선 수군이 내려 준 보트로 간신히 목숨을 건졌다.

상태가 깨끗한 함정은 조선 수군이 올라가서 일본군을 무장해제시켰다. 그러고는 직접 배를 몰아서는 부산으로 끌고 갔다.

일방적인 해전 덕분에 수습하는 것도 오랜 시간이 걸리지 않았다. 그래서 박명(薄明)이 찾아올 즈음에는 해역이 깨끗하게 정리되었다.

대진은 부산에서 하루를 보냈다. 그런 다음 날 해전을 촬영한 참모와 함께 한양으로 날아갔다.

보고를 받은 국왕이 파안대소했다.

"하하하! 대승도 이런 대승이 없군요. 일본군을 완전히 압도했다고요?"

"그렇습니다. 아군의 피해는 단 1척도 없이 완승을 거뒀습니다."

그렇게 말하며 대진이 서류를 건넸다.

그것을 펼쳐 본 국왕이 더 크게 웃었다. 대진과 함께 입궐한 대원군도 만면에 미소를 지었다.

국왕이 기꺼워했다.

"대단한 일입니다. 우리 조선이 일본과의 해전에서 승리한 경우는 임진왜란 이래로 처음이 아닙니까?"

"그렇습니다. 시간으로 따지면 무려 280여 년 만입니다."

"아아! 과인은 가슴이 벅차서 무슨 말을 해야 할지 모르겠습니다."

"이번 해전은 시작에 불과합니다. 앞으로 우리 군이 열도에 상륙하면 전하께 더 큰 승전보를 안겨 드릴 수 있을 것입니다."

"기대가 됩니다."

국왕이 서류를 짚었다.

"보고서에는 야포 60문과 기관총 10문을 노획했다고 나와 있군요. 이 많은 야포와 기관총을 일본군이 들여왔다면 얼마나 많은 우리 백성들이 죽어 나갔을지 생각만 해도 끔찍합니다. 과인은 이번에 노획한 야포와 기관총을 일본 침공에서 적극 활용했으면 합니다."

대진도 적극 동조했다.

"좋은 말씀이십니다. 노획한 암스트롱포와 개틀링기관총을 저들에게 사용한다면 그 의미가 상당할 것입니다."

"아! 이번에 노획한 야포의 이름이 암스트롱이군요. 기관총은 개틀링이고요?"

"그렇습니다. 야포는 영국에서, 기관총은 미국에서 개발된 물건들입니다. 그런데 암스트롱포는 우리가 개발한 것보다 성능이 많이 떨어집니다."

"허면 기관총은 성능이 괜찮다는 말이군요."

"우리 마군이 보유한 기관총과는 비교가 되지는 않습니다. 그러나 이번 전쟁에서는 우리 기관총을 사용하기가 조심스러웠는데 아주 잘되었습니다. 저희가 파악한 바에 의하면 개틀링기관총은 분당 500여 발의 발사 속도를 보여 준다고 합니다."

"분당이 얼마이지요?"

"아! 조선의 시각인 일각의 1/15입니다."

국왕이 깜짝 놀랐다.

"그렇게나 짧은 시간에 500여 발이나 발사된다고요?"

"그렇습니다. 더구나 사거리도 길어서 야전에서는 폭발적인 성능을 발휘할 수 있습니다."

"잘되었군요. 우리 백성을 죽이려던 기관총으로 저들의

심장을 찢어 버린다면 그 효과는 배가되겠습니다."

대진은 국왕의 과격한 발언에 놀랐다. 그 모습을 본 국왕이 크게 웃었다.

"하하하! 과인이 너무 심한 발언을 했나요?"

"의외의 말씀을 하셔서 조금 놀라기는 했습니다."

국왕이 고개를 저었다.

"어쩔 수 없습니다. 과인은 일본이라면 아주 이가 갈립니다. 그래서 이번 기회에 철저하게 저들을 밟아 주었으면 좋겠습니다."

"걱정하지 않으셔도 됩니다. 지금 준비한 우리 병력은 전하의 바람을 충분히 들어드릴 능력이 있습니다."

"그런데 이번 일로 일본을 다녀오신다고요?"

"예, 그렇습니다. 이번에 체포한 일본군의 숫자가 1만 5천이 넘습니다. 이전 포로도 1,000여 명이 넘고요. 이들에 대한 처리를 이유로 배상과 사과를 먼저 요구해 보려고 합니다."

"일본이 들어주겠습니까?"

대진은 고개를 저었다.

"저도 그럴 리가 없다고 생각은 합니다."

"그런데 왜 위험을 자초하시나요?"

"일본에는 서양 외교관들이 많이 주재하고 있습니다. 그들에게 우리의 위상을 확실히 재고시키려 합니다. 아울러 침략의 원흉이 일본이란 사실도 분명히 밝혀 둘 예정입니다."

"본래 목적은 서양과의 접촉이란 말이군요."

"그렇습니다. 우리가 일본을 압도한다면 분명 일본은 서양 국가에 중재를 요청할 겁니다. 그런 시도를 쉽게 못 하도록 일차 정리 작업을 하려는 겁니다."

대진의 설명을 듣던 대원군이 물었다.

"그러려면 우리도 그들에게 무언가를 내주어야 하지 않겠나?"

국왕이 먼저 나섰다.

"개항을 조건으로 내걸면 되겠네요."

대원군이 크게 놀랐다.

"개항하자는 말씀이오?"

"개항은 필연입니다. 그리고 대한무역이 본격적인 활약을 펼치기 위해서라도 개항해야 하고요."

대진도 동조했다.

"전하의 말씀이 맞습니다. 개혁에 박차를 가하기 위해서라도 대한무역은 세계 각지로 진출해야 합니다. 그러기 위해 개항은 필수불가결한 요소이고요. 그리고 우리가 일본을 압도하게 되면 본국에 대한 관심이 폭증할 수밖에 없습니다."

그 말을 들은 대원군은 결국 고개를 끄덕였다.

"맞는 말이야. 지금의 우리에게 개항은 시기의 문제일 뿐이지 선택 사항은 아닌 게 맞아. 좋아, 그렇게 해 보게."

"감사합니다."

준비는 며칠 만에 이뤄졌다.

대진은 부사와 서장관에 김홍집과 이상재를 선임했다. 그러고는 그들과 함께 부산으로 내려갔다.

일본과의 해전이 끝나고 조선군의 기능은 조정되었다. 그중 가장 큰 변화는 방어본부의 기능이 지휘본부로 바뀌면서 일본 공략을 본격적으로 준비하게 된 것이었다.

그런 지휘본부에 대진이 찾았다.

대진을 손인석이 반갑게 맞았다.

"어서 와, 이 특보."

"충성. 많이 바쁘십니까?"

"아냐. 며칠 동안은 일본군 포로 때문에 일이 많았지만 지금은 한가해."

"나포한 함정이 보이지 않던데, 다른 곳으로 옮겼습니까?"

"포격당한 함정이 다수잖아. 그래서 수리하라고 전부 옥포로 보냈어."

"수송선은 대부분 상태가 좋던데, 함께 보냈습니까?"

"아니야. 수송선은 우리 병력 수송을 위해 각도로 배치했어."

"아! 벌써부터 공략을 준비하는 겁니까?"

"전국에서 병력을 집결시켜야 하잖아. 그러려면 지금부터 착실히 준비해야 혼선이 없어."

"하긴, 준비하려면 몇 개월이 금방이기는 하지요."

"그런데 일본을 다녀오겠다고?"

"그렇습니다."

대진은 자신의 계획을 설명했다. 그 말을 들은 손인석은 크게 고개를 끄덕였다.

"좋은 생각이다. 서양 제국을 미리 다독여 놓으면 나중에 큰 도움이 될 거야."

"예. 그래서 함정을 지원해 주셨으면 합니다."

"당연히 지원해야지. 그런데 얼마짜리면 좋겠어?"

"우리 위상을 보여 주어야 하니 적당히 컸으면 합니다."

"음! 그렇다면 2,000톤이면 적당하겠어."

"가능하겠습니까?"

"물론이지. 내가 수군 총사령관께 직접 부탁할 터이니 숙소로 가서 기다리도록 해."

"알겠습니다."

지휘본부가 있는 곳은 초량왜관이다.

개항하기 전의 부산은 고깃배가 정박할 정도의 작은 포구에 불과했다. 그래서 초량왜관의 일본인들이 만들어 놓은 포구가 더 컸다.

그런 부산이 지난해부터 대대적인 변신을 하고 있었다. 그렇지만 많은 인원을 수용할 만한 건물은 아직 없었다.

반면 초량왜관에는 500~600명이 머물 수 있는 객사가 마련되어 있었다.

거기다 창고를 비롯한 각종 전각들이 들어서 있어서 군에서 사용하기에 그만이었다.

　그리고 일본인들이 만든 시설로 일본 공략을 준비하는 것
이기에 그 의미도 남달랐다. 그래서 방어본부 시절부터 초량
왜관을 본부로 사용해 오고 있었다.

　며칠 후.
　대진이 출발 인사를 했다.
　"충성! 다녀오겠습니다."
　손인석이 손을 내밀었다.
　"조심해서 잘 다녀오도록 해."
　"예, 사령관님."
　인사를 마친 대진이 승선했다. 대진이 탄 배에는 만일에
대비해 중대 병력의 해병대가 승선해서 동행했다.
　대진이 배에 오르자 곧 배가 출항했다.
　부산을 출발한 배는 조일해전이 벌어졌던 대마도 앞바다
를 가로질렀다. 그리고 규슈와 혼슈를 가로지르는 간몬해협
을 건너 세토내해로 들어섰다.
　세토내해로 들어선 배는 직진했다.
　그러고는 규슈와 시코쿠 사이의 해협인 분고 수도(豊後水道)
를 지나 태평양으로 나갔다.
　그렇게 태평양으로 빠져나간 배는 북상을 시작했고, 며칠
만에 도쿄만(東京灣)에 도착했다.

김홍집의 목소리가 높아졌다.

"가슴이 벅찹니다! 제가 태평양을 가로질러 일본의 수도인 도쿄까지 오게 될 줄은 꿈에도 생각 못 했습니다."

이상재도 거들었다.

"저도 마찬가지입니다. 조선의 누구도 경험하지 못한 신세계를 경험하고 있습니다. 이런 경험을 하게 해 주신 특보님께 감사드립니다."

통역인 안동준도 마찬가지였다.

"저는 오십 평생 일본인을 상대해 왔습니다. 그런 제가 통역하러 일본, 그것도 수도인 도쿄까지 오게 될 줄은 상상도 못 했습니다."

그들의 얼굴을 본 대진이 고개를 저었다.

"너무들 감상에 젖지 마세요. 이번이 처음일 뿐 앞으로 도쿄를 찾는 일이 많아질 겁니다. 그것도 최고의 예우를 받아 가면서요."

안동준이 질문했다.

"정녕 그런 날이 올까요?"

"물론이지요. 그렇게 만들려고 우리가 여기까지 온 것 아닙니까? 그러니 너무 감상에 젖지 않으셔도 됩니다."

"부디 그런 날이 오기를 빌고 또 빌겠습니다."

도쿄만은 넓고 깊다.

그렇다 보니 만의 주변에는 크고 작은 도시들이 들어서 있었으며 다양한 배들이 만을 중심으로 왕래하고 있었다.

그런 배들이 갑자기 나타난 2,000톤급 함정을 보고는 놀라서 전부 해안으로 피신했다.

대진이 탄 배는 일본의 작은 배들을 내려다보며 유유히 만으로 들어갔다.

가장 먼저 일본의 해군 공창이 있는 요코스카가 시야에 들어왔다. 이어서 각국 공사관이 들어서 있는 요코하마도 지나쳤다.

그렇게 몇 시간을 들어갔을 때였다. 좌측 전방에 바다를 끼고 늘어선 도시가 눈에 들어왔다.

도쿄였다.

일본은 해전에서 조선에 패할 거라는 예상은 조금도 하지 않았다. 그러다 전멸에 가까운 패전을 한 탓에 온 나라가 완전 초상집이 되었다.

그런 일본의 수도 도쿄에 신원 불상의 배가 나타난 것이다. 그로 인해 도쿄가 뒤집어졌으나 이런 혼란은 얼마 가지 않아 진정되었다.

배에 걸린 깃발이 백기였기 때문이다.

대진은 닻을 내리고 기다렸다. 그렇게 얼마 지났을 때 항구에서 배 한 척이 나왔다.

바다로 나온 그 배는 대진이 탄 배로 다가왔다. 그리고 통역으로 보이는 자가 위를 보고 영어로 소리쳤다.

"그대들은 어디서 온 선박인가?"

대진이 말을 받았다.

"우리는 조선에서 왔다. 이번에 벌어진 해전에 대해 논의할 사항이 있어서 직접 찾아온 것이다."

조선이란 말에 통역은 크게 당황했다. 그러나 갑판에서 내려온 상자를 보고는 이내 팔을 뻗었다.

상자에는 조선의 외무부가 보낸 공식 문서가 들어 있었다. 그것을, 통역은 일본 관리와 함께 확인했다.

이윽고 통역이 위를 보고 소리쳤다.

"본 사안은 중대한 일이니만큼 상부에 상신해서 비답을 받아야 한다! 그러니 여기서 잠시 기다리도록 하라!"

대진이 짓궂은 미소를 지었다.

"본국에서 여기까지 오느라 마실 물과 음식이 별로 없다. 허니 귀국에서 물과 음식을 제공해 주기 바란다."

"알겠다. 잠시 기다리도록 하라."

일본인들은 곧바로 돌아갔다. 그리고 한참이 지나서 물과 음식을 가득 싣고 돌아와서는 배로 올려 주었다.

김홍집이 궁금해했다.

"특보님, 물과 음식이 부족한 것도 아닌데 왜 부탁하신 겁니까?"

"협상을 조금이라도 유리하게 끌고 가려는 겁니다. 우리가 물과 음식을 요구하면 그만큼 준비가 덜 되었다는 걸 의미하잖아요."

"아! 저들에게 우리의 약한 면을 보여 주면서 경계심을 늦추려는 의도군요."

"예. 그게 얼마나 많이 먹힐지는 모릅니다. 하지만 우리가 단단히 준비해 왔을 때보다는 좀 더 긴장이 풀어지기는 할 겁니다."

안동준도 동조했다.

"나름 일리가 있는 계책입니다. 일본인들은 무슨 일을 하든 하나부터 열까지 철저하게 준비합니다. 그래서 협상하다 보면 쓸데없는 일로 깨지는 경우가 종종 있고요. 우리가 물과 음식을 요구했다는 것 자체가 그들의 상식으로는 이해가 되지 않을 겁니다."

대진이 거들었다.

"그만큼 빈틈을 보였다는 의미지요."

"맞습니다."

"자! 주사위는 던졌으니 저들이 어떻게 받아들이는지 기다려 보십시다. 나는 저들이 우리의 협상 제안을 받아들일지, 아니면 그대로 물리칠지도 궁금합니다."

안동준이 웃었다.

"하하하! 그건 저도 뭐라 단정을 못 하겠습니다."

"그러시겠지요. 이런 경우는 안 훈도께서도 처음 경험하시는 일이니까요."

"맞습니다. 그래서 정말 기대됩니다."

조선 사신들이 이런 대화를 주고받고 있을 무렵.

일본 내각에서는 주요 대신들이 모여서 열띤 토론을 벌이고 있었다.

야마가타 아리토모가 격하게 나왔다.

"이러고 있을 때가 아닙니다. 당장 저자들을 잡아들여 본보기로 처단해야 합니다."

이토 히로부미가 고개를 저었다.

"육군경의 심정을 모르는 바는 아닙니다. 그러나 정식으로 찾아온 사신을 처단할 수는 없는 일입니다."

외무경인 데라시마 무네노리도 동조했다.

"공부경의 말씀이 맞습니다. 이런 일은 이성으로 처리해야지 감정으로 대응할 수는 없습니다. 더구나 서양의 외교관들도 알게 된 사안을 그렇게 처리할 수는 없습니다."

가슈 가이슈가 한숨을 내쉬었다.

"후! 우리가 조선을 몰라도 너무나 몰랐습니다. 지금 조선 사신이 타고 온 선박은 무려 2,000톤급입니다. 그것도 증기기관이 장착되었고요. 그런 선박을 외교사절이 타고 왔다는 게 무엇을 의미하겠습니까?"

오쿠보 도시미치가 나섰다.

"그만큼 조선에 배가 많다는 의미겠지요."

가쓰 가이슈가 씁쓸해했다.

"그렇습니다. 조선은 본래부터 막강한 해군력을 보유하고 있었던 것이 분명합니다. 그런데 우리는 연전에 겨우 300톤도 안 되는 운요호로 조선을 개항시키려 했습니다. 그리고 5척의 함대도 마찬가지로 소형 선박이었고요."

곳곳에서 한숨이 터져 나왔다.

이토 히로부미가 고개를 저었다.

"처음부터 잘못된 일이었습니다. 조선은 간악하게도 우리의 눈을 속이고 있었던 것입니다. 그랬으니 조선을 정탐했던 자들이 하나같이 조선의 군사력이 형편없다는 보고를 했지요."

가와무라 스미요시(川村純義) 해군대보가 모처럼 나섰다. 그는 지금까지 전함 건조 계획을 위해 요코스카 해군 공창에 거의 상주하고 있었다.

"이미 벌어진 일입니다. 그것을 탓해 봐야 무엇을 하겠습니까? 과거는 과거일 뿐 다시 같은 우를 범하지 않으면 됩니다."

이토 히로부미가 적극 동조했다.

"가와무라 해군대보의 말씀이 맞습니다. 지난 일을 자꾸 거론해 봐야 심기만 불편해집니다. 그러니 지금부터는 미래를 위해 전력투구합시다. 그리고 당면 과제를 어떻게 처리해야 할지 중지를 모아 주십시오."

데라시마 무네노리가 나섰다.

"제가 하나부사 외무대승과 함께 저들을 만나 보겠습니

다."

오쿠보 도시미치가 만류했다.

"외무경이 나서는 것은 모양이 좋지 않습니다. 그러니 지난번처럼 하나부사 외무대승을 내보내도록 합시다."

야마가타 아리토모가 나섰다.

"그게 좋겠습니다. 그리고 우리 육군에서는 구로다 기요타카(黑田淸隆) 육군 중장을 부사로 추천하겠습니다."

해군도 나섰다.

"허면 우리 해군에서는 에노모토 다케아키(榎本武揚) 해군 제독을 부사로 추천하겠습니다."

오쿠보 도시미치가 즉석에서 승낙했다.

"그렇게 합시다. 에노모토 제독과 구로다 장군이라면 아주 좋은 궁합이 되겠습니다."

이 말에 모두들 고개를 끄덕였다.

구로다 기요타카와 에노모토 다케아키는 1869년 보신전쟁 당시부터 인연이 있었다.

당시 보신전쟁에서 밀린 에노모토 다케아키는 북해도로 도피했다. 그리고 세력을 모아서 북해도만의 에조 공화국을 선포했다.

그러나 이 시도는 진압군에 밀려 반년 만에 무산되었다.

이때 에노모토 다케아키가 항복한 상대가 구로다 기요타카였다. 구로다 기요타카는 그가 저술했다는 《만국해율전서》라는 책을 건네받고는 항복을 승인해 주었었다.

이토 히로부미가 정리했다.

"허면 회담은 어디서 진행하면 되겠습니까?"

야마가타 아리토모가 나섰다.

"그들의 배에서 하면 되지 않겠습니까?"

이토 히로부미가 고개를 저었다.

"상대국의 함정은 상대국의 영토입니다. 우리에게 찾아온 조선 사신을 그들 나라에서 맞이할 수는 없는 일입니다."

"그렇다고 이리로 불러들일 수는 없는 일 아닙니까?"

"그건 조선도 별로 바라지 않을 겁니다. 그래서 드리는 말씀인데, 요코하마의 외국 공관에서 회담을 갖도록 하는 건 어떻겠습니까?"

"외국 공관이요?"

"예, 우리 일본이나 조선에 있어 외국 공관은 중립국 영토나 마찬가지입니다. 그곳에서 회담을 열면 우리의 대범함도 보여 줄 수 있어서 좋을 것 같습니다."

데라시마 외무경이 적극 찬성했다.

"좋은 의견이십니다. 서양 공관에서 회담을 개최하면 우리가 공정을 기하는 의도를 대외적으로 알릴 수 있습니다. 그리고 조선이 머리를 숙이고 들어온 형국이어서 일석이조가 될 것입니다."

일본은 개항은 했으나 아직까지 에도에서 이름이 변경된

도쿄는 개방하지 않고 있었다. 그래서 모든 외국 공관들은 요코하마에 공사관을 두고 도쿄를 왕래하며 업무를 보고 있었다.

일본 정부는 급히 사람을 보내 서양 외교관들과 협상을 시작했다.

그 결과, 일본 주재 영국공사인 해리 스미스 파크스(Sir Harry Smith Parkes)의 배려로 영국공사관에 회담장이 설치되었다.

이틀 후.

영국공사관에서 일본 대표를 만났다.

대진과 하나부사 요시모토는 대마도에서 이미 안면이 있었다. 그래서 처음 보는 구로다 기요타카, 데라시마 무네노리와 각각 인사를 나눴다.

대진은 묘한 느낌을 받았다.

'하나부사 요시모토와 구로다 기요타카는 강화도조약 체결의 주역들이다. 그런 두 사람과 마주 앉게 되니 기분이 묘하구나.'

하나부사가 먼저 입을 열었다.

"이번에는 무슨 일로 찾아온 것이오?"

"당연히 이번에 벌어진 해전 때문이지요. 이제 외무대승께서는 이전처럼 귀국 함대가 우호 협력을 위해 움직였다는 말씀은 못 하시겠지요?"

대진의 말에 하나부사의 얼굴이 붉어졌다.

"험! 험! 그거야 선전포고를 한 마당인데 당연히 조선을 공략하기 위해 출병한 것이지요."

"그렇군요. 그런데 귀국에는 안타깝게도 본국의 함대가 귀국 함대를 압도했습니다. 그래서 절반 이상은 침몰을 했고 10여 척의 함정이 항복해서 본국으로 예인했지요."

세 사람의 얼굴이 붉어졌다.

데라시마 무네노리 제독이 나섰다.

"승패는 병가지상사입니다. 이길 때도 있고 질 때도 있다는 말이지요. 그런데 그런 승패를 알려 주려고 방문하신 것은 아니겠지요?"

"물론입니다. 지난번에도 그랬지만 이번에도 포로 문제를 상의하러 들렀습니다. 어떻게, 귀국에서 포로를 송환해 가시겠습니까?"

"할 수 있으면 그래야지요. 헌데 그냥 보내 주시지는 않을 것이고, 조건이 무엇이지요?"

"당연히 사과와 배상입니다."

데라시마 무네노리가 고개를 저었다.

"그건 불가합니다. 방금도 말씀드렸지만 승패는 병가지상사입니다. 언제라도 패할 수 있고 승리할 수도 있는 일인데 그때마다 배상과 사과를 할 수는 없는 일이지요."

전쟁을 먼저 시작한 쪽이라고는 도무지 생각할 수 없는 태연자약한 태도였다.

그러나 대진은 침착하게 입을 열었다.

"제독께서는 해군이니 잘 아실 겁니다."

"무엇을 말입니까?"

"해군 전력을 양성하는 일이 얼마나 어려운지를요. 아마도 육군보다 몇 배나 어려울 겁니다. 포술장 정도의 최고 인력은 더욱 그러하고요."

데라시마의 안색이 흐려졌다.

"그건 그렇습니다. 그렇다고 해서 육군을 제외한 해군만 데려올 수는 없는 일입니다."

"잘 생각해야 할 겁니다. 이번 호의가 마지막이란 점을 간과하지 말아 주었으면 합니다. 아마도 다음번에는 이렇게 만나지 않을 겁니다."

그 말에 구로다 기요타카가 얼굴을 붉혔다.

"지금 우리에게 협박하는 겁니까?"

대진은 고개를 저었다.

"전혀 그렇지 않습니다. 우리 조선은 벌써 두 번이나 호의를 베풀었습니다. 그것도 선전포고가 된 전쟁 상황에서요. 호의를 무시하는 건 귀측의 결정이겠지만 우리는 절대 그냥 던져 보는 말이 아니란 점을 분명히 밝히는 바입니다."

"그렇다고 해서 사과와 배상을 할 수는 없는 일입니다."

"잘 생각하세요. 무려 1만 5천입니다. 그 많은 병사들을 단지 자존심만으로 버릴 수는 없는 일 아닙니까?"

쾅!

"말을 삼가시오. 자존심만이라니요?"

데라시마 제독이 나섰다.

"함정과 군수물자도 돌려주는 것이오?"

대진이 어이없어했다.

"설마 진짜 돌려받을 생각으로 그런 말씀을 하는 건 아니겠지요?"

데라시마의 얼굴이 붉어졌다.

"험! 그대가 병력을 인도받으라고 해서 나는 거기까지 생각하고 있는 줄 알았습니다."

대진이 분명히 밝혔다.

"거듭 말씀드리지만 이번 협상은 양국 간의 틀어진 관계를 봉합할 수 있는 마지막 기회입니다. 그러니 절대 허투루 듣지 마시고 부디 심사숙고해서 결정하시기 바랍니다."

그러자 하나부사가 대진의 의사를 확인했다.

"허면 종전이라도 할 수 있다는 말씀이오?"

"못할 것도 없지요. 단, 지난번에 말씀드린 대로 정식 사과와 배상을 해야겠지요. 아울러 임진왜란에 대한 일도 마찬가지고요."

반복되는 말에 구로다가 다시 반발하려 했다.

대진이 그를 노려봤다.

"다시 말씀드리지만 이건 최후통첩입니다. 그러니 말에 신중을 기해 주시기 바랍니다."

7장

하나부사의 목소리가 간절해졌다.

"이보시오. 꼭 과거의 일까지 거론해야겠습니까? 우리는 그 당시의 일과 전혀 무관한 정부입니다."

대진의 목소리가 단호해졌다.

"정부가 바뀌고 사람이 바뀌어도 바뀌지 않은 것이 하나 있지 않습니까? 그것이 무엇인지 귀하께서는 잘 알고 계시지 않습니까?"

"……우리가 일본이란 사실을 말하는군요."

"그렇습니다. 나라가 바뀌지 않는 한 원죄는 없어지지 않습니다. 아니, 나라가 바뀐다고 해도 역사적 진실은 없어지지 않지요."

하나부사가 한숨을 내쉬었다.

"후! 쉽게 결정할 일이 아니군요. 미안하지만 며칠 말미를 주셔야 할 것 같습니다."

하나부사가 이전과는 다른 발언을 했다. 대진은 주저 없이 고개를 끄덕이며 동의해 주었다.

"그렇게 하십시오. 며칠 기다릴 터이니 돌아가서 잘 협의하세요. 그래서 부디 좋은 결론을 가져오셨으면 합니다."

"……노력해 보지요."

일본 대표들이 돌아갔다.

그러자 그들의 뒤를 따라 영국 외교관들이 안으로 들어왔다. 그중 구레나룻에 인상적인 사내가 먼저 손을 내밀었다.

"인사가 늦었소이다. 주일 영국공사인 해리 스미스 파크스요."

"인사드립니다. 조선국 국왕 전하의 특별보좌관인 이대진이라고 합니다."

해리 파크스가 깜짝 놀랐다.

"대단합니다. 영어를 이렇게 잘하는 조선인이 있을 줄은 몰랐습니다."

그러나 그의 놀람은 이제야 시작되었을 뿐이었다.

김홍집에 이어 이상재도 능숙하게 영어로 자신을 소개하니 해리 파크스의 입은 한동안 다물리지 않았다. 더구나 세 사람이 아무 거리낌 없이 악수를 하는 모습에 고개까지 저으며 놀라워했다.

"참으로 놀랍습니다. 상해를 오가는 조선 상인이 영어에 능통하다는 말은 들어서 알고 있었습니다. 그런데 외교관들이 이렇게 영어를 잘할 줄은 생각지도 못했습니다."

대진이 고마워했다.

"오늘 회담 장소를 빌려주어서 고맙습니다."

"아닙니다. 외교관이라면 당연히 해야 할 일을 했을 뿐입니다. 그런데 참으로 대단하군요."

"뭐가 말입니까?"

"내가 알기로 일본이 준비한 해군 전력은 상당히 탄탄했습니다. 그런데 그런 일본 해군을 조선이 압도했다고요?"

"해전 소식이 공사에게까지 전달되었나 봅니다."

"그렇습니다. 일본의 패전 소식에 열도가 발칵 뒤집혔는데 모르면 오히려 이상한 일이지요."

"그렇군요. 공사께서도 우리의 압도적인 승리는 의외였겠습니다."

"당연히 그랬지요."

해리 파크스가 속내를 숨기지 않았다.

"솔직히 우리 영국이 일본 해군과 맞싸워도 조선군처럼 압도적인 승리는 쉽지 않습니다. 더구나 해전이 벌어졌던 지역은 일본의 안마당이나 다름없는 대마도가 아닙니까? 그런 곳에서의 해전은 지형적인 이점이 많은 일본이 유리할 수밖에 없지요.”

“대마도 앞바다는 우리 조선의 앞마당이기도 합니다.”

“하하하! 그렇겠군요. 어쨌든 충격적이었습니다. 그런 상황에서 갑자기 조선에서 사신을 보냈다고 해서 또 놀랐고요. 그런데 무슨 일로 일본을 찾은 겁니까?”

대진이 조금 전의 상황을 설명했다. 그 말을 들은 해리 파크스의 고개가 연신 저어졌다.

“믿을 수가 없네요. 해전을 벌인 것은 그렇다 해도 어떻게 죽기를 각오하고 싸운 일본군을 풀어 준다는 말씀입니까?”

“그냥은 아니지요.”

“사과와 배상이야 해 주면 되지요. 중요한 건 사람 목숨인데요. 더구나 해군 병력까지 풀어 준다는 거 아닙니까?”

“그러려고 했습니다. 헌데 일본은 여러 이유를 들어 그걸 거부하네요.”

해리 파크스가 어이없어했다.

“말도 안 돼. 지금 일본은 해군을 양성하기 위해 각고의 노력을 기울이고 있습니다. 그런 일본이 그깟 명분 때문에 실익을 버리려 하다니요.”

대진이 미소를 지었다.

“동양 국가는 서양과 달리 명분을 아주 중시합니다. 특히 사무라이 정신을 내세우고 있는 일본은 더 그러하고요. 그런 사실은 공사께서도 잘 알고 계시지 않습니까?”

해리 파크스가 인정했다.

"맞습니다. 내가 일본공사로 재임한 지 10년이 넘었지만 그런 경우는 많이 봐 왔지요."

"오래 재임하고 계시는군요. 10년이 넘었으면 일본의 개혁 개방을 직접 보고 겪어 오셨겠습니다."

해리 파크스의 목에 힘이 들어갔다.

"물론입니다. 판적봉환, 폐번치현 등 일본의 개혁을 10년 넘게 지켜보고 있지요."

대진이 슬쩍 운을 떠봤다.

"공사님께서 많은 도움을 주셨나 봅니다."

"허허! 아니라는 말은 못 하겠습니다."

대진은 내심 놀랐다.

'이런, 일본 개혁의 숨은 공로자가 여기에 또 있었구나.'

"공사님께서 그런 말씀을 하시는 것을 보니 큰 도움을 주셨나 보네요. 그런데 공사님께서는 일본에 대해 아주 잘 아시나 봅니다."

대진의 물음에 해리 파크스가 잠시 생각에 잠기더니 제안을 했다.

"음! 제 이야기를 해 드려도 될까요?"

"물론입니다. 말씀해 주십시오. 경청하겠습니다."

"나는 본래 평민이었습니다. 그런 내가 동양에 오게 된 것은 13살이던 1841년이었죠. 그 후 중국에 머물면서 헨리 포틴

저 경을 비롯한 외교관들의 사환 노릇을 하며 중국어와 외교술을 익혔고요. 그러면서 여러 활동을 해 왔지요. 그러다 1856년에 일어난 청국과의 전쟁이 나에게는 결정적이었습니다."

'제2차 아편전쟁을 말하는구나.'

"그 전쟁의 중요 분기점인 광동전투에서 나는 결정적 공을 세웠지요. 그 공으로 빅토리아 여왕으로부터 기사 작위를 받았고요. 그 후에도 외교관으로 죽 중국에 머무르고 있었는데 1865년 주일공사였던 러드퍼드 올콕 경이 갑자기 사임을 했지요. 나는 그 후임으로 주일공사가 된 것입니다."

그의 이야기는 한동안 이어졌다. 그는 자신의 지난 활동을 마치 치적을 자랑하듯 설명했다.

대진이 적극 동조했다.

"대단하군요. 그러면 일본의 개혁 개방을 공사님께서 거의 주도했다고 해도 과언이 아니네요."

해리 파크스가 손을 저었다.

"하하하! 과찬입니다."

대진이 고개를 저었다.

"아닙니다. 일본 열도의 번을 없애고 통일하라는 조언은 참으로 결정적이었습니다. 만일 그 당시 번을 없애지 않았다면 일본은 지금처럼 중앙집권에 성공하지 못했을 겁니다."

"그건 그렇습니다. 에도막부가 있는 한 일본의 거대 번들은 새로운 정부에 절대 머리를 숙이지 않았을 겁니다. 그런

이면을 꿰뚫은 내가 왕정복고와 함께 여러 조치를 취하도록 적극 조언해 주었지요."

"대단하십니다. 그러시면 지금도 일본 정부 요인들과는 긴밀한 유대관계를 맺고 계시겠네요."

"그렇지요. 다른 것은 몰라도 내가 하는 말을 흘려들을 사람은 아무도 없지요."

그 말에 대진은 진심을 슬쩍 내보였다.

"사실 우리 조선은 이번 협상이 실패한다는 것을 이미 예상하고 있었습니다."

해리 파크스가 놀랐다.

"그런데 왜 여기까지 온 것입니까?"

"솔직히 말씀드리면 공사님과 프랑스공사 등을 보러 온 것입니다."

해리 파크스의 눈이 커졌다.

"그래요?"

"아! 물론 협상이 잘되어서 배상과 사과를 받으면 더없이 좋은 일이지요. 하지만 그게 쉽지 않다는 사실을 공사님도 잘 알고 계시지 않습니까?"

"그건 그렇습니다. 그런데 왜 나를 보러 온 것이지요?"

"곧 있으면 우리 조선과 일본이 전면전을 벌이게 됩니다. 그 전면전에서 우리 조선은 일본을 압도하게 될 것이고요. 그런 상황이 이어지고 국토가 유린되면 일본은 분명 공사님께 도움을 요청할 것입니다."

"중재를 요청할 수도 있겠지요."

"그렇습니다. 그때 중립을 지켜 주셨으면 합니다."

해리 파크스가 고개를 갸웃했다.

"내가 왜 그래야 하지요? 일본은 그동안 나와 긴밀한 관계를 맺어 온 나라입니다. 그런 일본을 돕는 것은 당연한 일 아닌가요?"

"물론 그러시겠지요. 하지만 영국의 국익에 도움이 된다면 구태여 그럴 필요가 없는 거 아닙니까?"

해리 파크스의 눈이 빛났다.

"내가 중립을 지키는 게 우리 영국에 도움이 된다고요?"

"그렇습니다."

해리 파크스가 어깨를 으쓱했다.

"이해가 되지 않는군요. 왜 그런지 나를 이해시켜 보세요."

"그러지요."

대진은 머릿속을 정리하며 입을 열었다.

"공사께서 일본을 돕는다고 해서 무엇을 할 수 있겠습니까? 아! 이곳 요코하마에 주둔 중인 영국군을 참전시킬 수는 있겠네요. 그런데 그게 정녕 영국에 도움이 될까요?"

"으음! 계속하시오."

"할 수 있는 건 중재해서 전쟁을 끝내는 거겠지요. 그러나 우리 조선은 일본이 완전히 항복할 때까지는 절대 전쟁을 중단하지 않을 겁니다."

"우리 영국이 참전하더라도 말이오?"

대진이 반문했다.

"영국이 왜 참전을 하지요? 그래야 할 만큼 영국에 일본이 대단한 나라인가요?"

"그렇지는 않지만 앞으로는 모르는 일이지요."

"저는 그보다 실질적인 제안을 하려고 합니다."

그 말에 해리 파크스가 큰 관심을 보였다.

"무슨 제안인지 궁금하군요."

"만일 공사께서 중립을 지켜 준다면 우리 조선의 첫 수교국은 영국이 될 것입니다."

해리 파크스의 얼굴이 환해졌다.

"오! 그래요?"

"그렇습니다. 공사님께서도 아시겠지만 프랑스와 미국 그리고 일본은 군대까지 동원했음에도 우리 조선과의 수교에 실패했습니다. 그런데 영국이 가장 먼저 우리와 수교한다면 그 공은 전부 공사님의 공적이 되지 않겠습니까?"

해리 파크스의 눈이 빛났다.

"흐음!"

"공사님께서는 평생 동양에서 외교관 생활을 해 왔다고 했습니다. 그런 외교관 생활의 백미를 조선 최초의 수교로 만드시지요."

이 말이 끝으로 대진이 손을 내밀었다. 해리 파크스는 흔쾌히 고개를 끄덕였다.

"좋습니다. 그렇게 합시다."

"현명한 결정을 하셨습니다."

해리 파크스가 손을 맞잡으며 물었다.

"그런데 수교는 언제?"

"일본과의 전쟁이 끝나면 적당한 시기를 봐서 공사님을 초대하겠습니다."

"좋습니다. 너무 오래 기다리지 않기를 기원하겠습니다."

"그렇게 되도록 최선을 다하겠습니다."

"그런데 일본 본토를 직접 공략할 예정입니까? 아! 군사기밀이라면 말씀해 주지 않아도 됩니다."

대진이 고개를 저었다.

"아닙니다. 숨길 이유는 없습니다. 지금까지 우리는 단 한 번도 일본을 침략한 적이 없습니다. 그런데도 일본은 왜구까지 포함하면 십여 차례 이상 침략해 왔습니다. 그럼에도 이번에 또다시 엄청난 병력을 동원해 침략하려 했지요. 그러니 이번에는 우리 조선이 나설 겁니다. 그리고 일본에 불바다와 지옥도가 어떤 것인지를 확실하게 보여 줄 겁니다."

"불바다와 지옥도라고요?"

"그렇습니다."

해리 파크스가 고개를 저었다.

"으음! 안타깝네요. 일본은 아름다운 나라인데 그런 나라가 불타오르게 되다니요."

"우리도 그러고 싶은 생각은 없습니다. 그러나 일본은 배상은커녕 사과도 하지 않을 겁니다."

해리 파크스가 입맛을 다셨다.

"쯧, 제가 생각해도 일본이 머리를 숙일 거라고는 생각되지 않습니다."

영국공사와의 면담은 이렇게 끝났다.

이후, 대진은 각국 공관을 돌아다니며 안면을 익혔다. 그러면서 영국과는 달리 은근하게 양국의 전쟁에 나서지 말아 달라고 부탁했다.

대부분의 공사들은 대진의 부탁을 들어주었다. 그러나 프랑스처럼 일본 육군 발전에 직접적인 관련이 있는 경우는 이런 요구를 외면했다.

하지만 대진은 프랑스와는 해결해야 할 일이 있었기에 프랑스의 이런 반응을 무시했다.

그렇게 각국 공사관을 돌아다니는 동안 며칠이 지났다.

해리 파크스의 예상대로였다.

며칠을 기다렸으나 일본은 끝내 조선이 내민 손을 외면해 버렸다. 그러나 이는 대진도 바라는 바였기에 조금의 미련도 없이 일본을 떠났다.

여름의 막바지인 8월 하순.

일단의 함대가 부산을 떠났다. 함대는 바다를 가로질러 시모노세키 앞바다에 도착했다.

그런 함대는 셋으로 나뉘었다.

분대별로 3척의 함정이 배정되었다.

1분대는 가장 큰 전함이 배정되어 간몬해협을 관통해 세토내해로 들어갔다. 대진은 몇 명이 동행자와 함께 1분대의 기함에 승선해 있었다.

그리고 2분대는 혼슈를 따라 올라갔으며 3분대는 규수 방면으로 내려갔다.

간몬해협으로 들어선 1분대는 시모노세키를 향해 포격을 감행했다.

쾅! 쾅! 쾅! 쾅!

열도를 불바다로 만들기 위한 포격전이었다. 쏘아진 포탄 전부가 소이탄으로 목표 지점을 타격하자마자 거대한 불기둥이 뿜어져 올랐다.

일본은 해안을 따라 도시가 형성되어 있다. 그러한 도시는 불타기 쉬운 목조로 지어져 있었다.

도시의 중심은 얼마 전까지 다이묘가 웅거(雄據)했던 성이었다. 조선군의 포격은 이런 다이묘성을 중심으로 진행되었다.

조선 수군의 함포 공격이 시작되자마자 도시는 곧 불바다가 되었다.

조선 수군은 절대 서두르지 않았다. 가장 중요한 임무를 맡은 1분대는 시모노세키를 불바다로 만들면서 세토내해로 들어갔다.

해안지대의 크고 작은 마을과 도시는 끝없이 이어져 있었다. 그런 도시와 마을을 차근차근 포격하며 전진해 야마구치 일대를 불바다로 만들었다.

그러고는 일본 육군의 전대가 주둔하고 있던 히로시마에 도착했다. 히로시마는 과거부터 중요한 도시로 많은 인구가 거주하고 있었다.

히로시마에는 하루 동안 머무르며 성을 비롯한 도시 일대를 초토화했다. 이어서 구레, 후쿠야마, 오카야마, 히메지 등을 포격하며 올라갔다.

이렇게 포격전을 진행하고 북상했음에도 제대로 된 반격이 없었다. 지난 해전에서 주요 전력이 박살 난 탓도 있었지만 갑작스러운 무차별 공격에 크게 당황했기 때문이다.

2, 3분대도 사정은 마찬가지였다.

혼슈 서쪽을 담당한 2분대는 모리 가문의 본거지인 하기(萩)를 초토화했다. 이 도시의 초토화는 상당한 상징적 의미를 갖고 있었다.

일본 개혁은 삿초동맹으로 불리는 사쓰마와 조슈가 중심이었다. 이 중 하기는 조슈의 수도로, 일본 육군의 온상지나 다름없었다.

조슈를 말하려면 요시다 쇼인(吉田 松陰)을 빼놓을 수 없다.

요시다 쇼인은 정한론의 주창자이며 일본 우익의 원조다.

그는 본래 외국으로 유학을 가려 했다.

그러다 밀항에 실패하면서 하기에 쇼카손주쿠(松下村塾)라는 사설 학당을 세운다. 여기서 그는 이토 히로부미를 비롯한 소네 아라스케, 데라우치 마사다케, 가쓰라 다로, 미우라 고로와 같은 쟁쟁한 인물을 길러 낸다.

이 인물들이 명치유신의 선봉에서 일본 개혁을 이끌게 된다. 그래서 그가 세운 사학에는 '명치유신의 태동지'라는 팻말이 붙어 있을 정도였다.

일본 혼슈 서부는 동부와 달리 큰 도시가 별로 없다. 그래서 하기를 초토화한 2함대는 작은 고을들을 차례로 불태우며 거침없이 북진했다.

3분대의 시작은 간몬해협의 건너편인 기타규슈(北九州)였다. 해안을 따라 내려가던 3분대는 후쿠오카에 도착했다.

후쿠오카는 유서 깊은 도시다.

후쿠오카는 본래 하카타(博多)로 불리었다. 그러다 임진왜란 이후 구로다 가문이 터를 잡으면서 후쿠오카로 변신했다.

후쿠오카는 중국 무역의 중심지였다.

이 도시는 왜구의 온상이기도 해서 조선과는 악연이 많았다. 그래서 3분대는 이런 후쿠오카를 더 철저하게 박살 냈다.

그러고는 다시 해안을 따라 내려가다가 일본 해군 공창이 들어서고 있는 사세보(佐世保)를 박살 냈다.

사세보에는 그래도 해군 공창이 있었기에 약간의 저항이 있었다. 그러나 무의미할 정도여서 3분대의 피해는 전무했다.

그렇게 사세보를 초토화한 3분대는 나가사키로 내려갔다.

나가사키는 일본의 개항지다.

그 바람에 항구에는 외국 상선이 몇 척 들어와 있는 상황이었다. 3분대는 이런 외국 상선을 피해 대대적인 포격을 가했다.

개항지의 포격은 위험을 내포하고 있었다. 자칫 외국 상인들이 피해를 입는다면 골치 아픈 일이 발생할 수도 있기 때문이다.

그럼에도 포격을 감행한 까닭은 상징성 때문이었다. 조선은 열도 침공의 의지를 서양인들에게 보여 주고 싶었다.

그래서 위험을 무릅쓰고 나가사키에 대대적인 포격을 감행한 것이다. 그리고 그러한 의도는 대단한 성공으로 돌아왔다.

서양인들은 소이탄의 위력에 경악했다. 그리고 자신들이 있음에도 거침없는 포격을 감행한 결단에도 크게 놀랐다.

이렇듯 2, 3분대가 분투하고 있는 동안 1분대는 마침내 오사카에 도착했다.

오사카는 서부 일본의 대표 도시로, 열도의 물산이 집결되는 상업 중심지였다.

1분대는 오사카 주변을 사흘 동안 포격했다.

오사카 주변은 고베(神戸)를 비롯한 큰 도시들이 다수 산재해 있다. 그런 도시 중 고베는 특별했다. 고베는 오사카의 배후도시로, 해군 공창이 들어설 정도로 컸다.

1분대는 이런 고베를 회복하기 어려울 정도로 파괴했다. 포격으로 일본이 직접 건조하고 있던 몇 척의 함정도 모조리 불태워 버렸다.

대진은 1분대 기함에서 불타고 있는 오사카를 바라다보고 있었다. 이런 대진의 시야는 멀리서 불타고 있는 오사카성에 고정되어 있었다.

그런 대진의 옆에는 일본 해군 장교복을 입은 사람이 서 있었다.

"도고 소좌, 많이 착잡하겠어."

도고 헤이하치로의 안색이 굳어졌다. 오랫동안 영국에서 유학해 온 도고 헤이하치로는 영국식 발음으로 대답했다.

"……솔직히 그렇습니다."

"내가 도고 소좌를 왜 이번 공략에 합류시켰는지 알고 있나?"

"저도 그게 의문이었습니다."

"지금 당장은 아니지만 전쟁이 끝나면 포로 교환이 있을 거야. 우리 조선군이 아무리 잘 싸운다고 해도 사상자는 발생하고 포로도 발생할 수밖에 없어. 그때 나는 도고 소좌를 포로 교환 명단에 넣으려고 해."

도고 헤이하치로의 눈이 커졌다.

"저는 특보님을 이번에 처음 봅니다. 그런데 왜 그런 특전을 제게 베풀어 주려는 것입니까?"

대진이 도고를 바라봤다.

"그건 도고 소좌가 공정해서야."

"제가 공정하다고요?"

"그래, 포로 보고서를 보니 도고 소좌가 포로 생활을 하면서도 나름대로 정도를 지키려 했다고 쓰여 있었어. 그리고 부하들을 잘 통솔해 큰 분란을 일으키지 않으려고 노력했다고 하고."

"그건 당연한 일입니다. 부당한 일만 아니라면 포로의 입장에서는 조선군의 지휘에 잘 따라야 우리가 편해집니다."

그 말에 대진은 고개를 저었다.

"하지만 모두가 그러지는 않아. 도고 소좌도 알겠지만 육군에서는 상당한 문제가 있었어. 그 바람에 10여 명이 공개 처형되기까지 했지."

대진의 입에서 흘러나온 이야기에 도고의 안색이 굳어졌다.

"그 일은 저도 알고 있습니다."

"일본 육군은 이상하리만치 조선군에 대한 우월의식이 있더군. 실제로 우리와 싸워서 패전했으면서도 말이야."

"그건 육군이 직접 교전해 보지 않았기 때문입니다."

"어리석은 일이지. 그들이 보유한 야포와 기관총을 믿고 그런 말을 하나 본데, 천만의 말씀이야. 우리 조선군이 보유한 야포는 암스트롱포보다 3배 이상의 사거리를 갖고 있지. 더구나 기관총은 무게가 1/10밖에 되지 않으면서도 연사 속도도 훨씬 앞서 있어."

도고 헤이하치로가 고개를 저었다.

"믿을 수가 없습니다. 야포는 다른 나라에서도 신형들이 쏟아지고 있으니 그럴 수도 있습니다. 허나 개틀링은 어떤 총보다 화력이 뛰어납니다."

대진이 손을 저었다.

"그만. 나는 그대와 그런 논리로 싸울 생각이 없어. 그 대신 저기를 봐."

대진이 가리킨 곳은 성이었다.

포격을 당한 오사카성은 완전히 불길에 휩싸여서 거대한 봉화처럼 보였다. 그런 성을 바라보며 대진이 단정하듯 말했다.

"일본군의 함포라면 여기서 오사카성의 포격은 불가능하지. 그러나 우리 함포는 오사카성은 물론이고 그 너머까지도 초토화하고 있지. 이게 바로 일본군과 우리 조선군의 화력 차이야. 해군이 이런데 육군은 다를 것 같나?"

도고의 답변이 궁색해졌다.

"길고 짧은 건 대 봐야 합니다. 해전에서 함포의 위력 차이는 결정적입니다. 그러나 육전에서는 군수 장비의 우수성도 중요하지만 병사들의 임전 각오와 정신력이 결정적 역할을 합니다."

대진이 고개를 저었다.

"아무리 정신력이 뛰어나도 월등한 군수 장비는 당해 낼 수가 없어. 당장 비교해도 알 수가 있는 것이 일본에는 지금 개틀링도 없잖아?"

도고가 움찔했다.

"그건 저도 모릅니다. 지난 몇 개월간 미국으로부터 급히 수입했을 수도 있습니다."

"그런 일은 없어."

"왜 그렇게 단정하십니까?"

"우리는 해전이 끝나고 지금까지 열도의 주요 뱃길을 철저하게 감시해 왔어. 그래서 일본이 미국으로부터 어떠한 군수 장비도 수입한 적이 없다는 걸 알고 있지."

"……그렇습니까?"

"뭐, 육상전이 시작되면 어떻게 될지는 또 모르지. 그러나 미국이 어리석지 않고서야 양국이 전쟁을 벌이고 있는 상황에서 일본을 지원할 리는 만무해. 그것도 일방적으로 밀리는 일본을 말이야."

"특보님께서는 우리 일본이 일방적으로 밀릴 거라 예단하십니까?"

"당연하지."

대진이 함대를 돌아봤다.

"육전이 벌어지면 우리의 수군은 철저하게 육군을 지원할 거야. 그런데 일본은 어때?"

"⋯⋯."

"육전이 벌어지면 바다에서 10여 킬로미터까지는 우리의
함포 공격 때문에 일본군이 접근하지 못해. 그렇게 되면 제
대로 된 전략 전술을 펼칠 수 있겠어?"

그 말에 도고의 표정이 와락 구겨졌다. 아무리 해군이라
해도 해안이 장악된 상태에서의 육군이 얼마나 무력해지는
지를 모르지 않았기 때문이다.

"그래도 우리 육군은 능히 어려움을 뚫어 낼 수 있을 것입
니다."

"그럴 수도 있겠지. 일본 육군의 돌격 정신은 유명하니까?"

도고의 목소리가 높아졌다.

"맞습니다. 우리 일본 육군은 천황 폐하의 명이라면 불속
이라도 뛰어들 수 있습니다."

그러자 대진이 도고를 똑바로 바라봤다.

"그런데 말이야. 돌격하는 일본 육군의 앞에 개틀링이 버
티고 있으면 어떻게 될까?"

도고의 눈빛이 크게 흔들렸다. 그런 도고 헤이하치로의 눈
을 직시하며 대진이 말을 이었다.

"아마도 추풍낙엽처럼 죽어 나가게 될 거야."

"⋯⋯후! 그럴 수도 있겠지요. 그런데 구태여 이런 말씀을
저에게 하시는 목적이 무엇입니까?"

"그대는 일본 해군의 기둥으로 성장할 거야. 일본에는 7년 동안 영국 유학을 다녀올 정도로 능력 있는 해군 지휘관이 없으니 말이야. 그러니 그대가 우리 조선의 군사력을 분명하게 파악해서 다시는 쓸데없는 도발을 하지 말라는 거야."

그렇게 말한 대진은 옆으로 향했다.

그의 시선이 멈춘 곳에는 몇 명의 일본 육군 장교들이 서 있었다. 이들도 통역을 통해 두 사람의 대화를 듣고 있었다.

대진은 그들에게도 경고했다.

"그대들도 마찬가지야. 여기에 있는 도고 소좌처럼 그대들도 포로 교환을 할 때 풀려나게 될 거야. 그러니 돌아가거든 이번처럼 무모한 전쟁은 두 번 다시 벌이지 않았으면 해."

이러면서 대진은 속내를 슬쩍 비쳤다.

"전쟁이 끝나면 우리와 일본은 수교하게 될 거야. 그러니 필요하면 언제라도 우리 공관에 들러서 도움을 요청하도록 해. 그러면 최선을 다해 그대들을 도와줄 거야."

대진은 은근히 첩자 역할을 강요했다.

도고와 일본 장교들은 이를 대번에 알아들었다. 그래서인지 이들은 대진의 말에 불쾌한 표정을 짓기도 했으나 생각이 많은 표정을 짓기도 했다.

그 모습을 보며 대진이 말을 이었다.

"군이라는 조직에서는 진급을 위해 치열한 암투가 벌어지는 일이 많아. 그대들은 유능해서 그런 암투와 경쟁을 이겨

나갈 수 있겠지만 혼자서는 힘들어. 그러니 힘들면 언제라도 우리를 찾도록 해."

실로 대단한 유혹이었다.

너무도 현실적인 유혹이었다.

그래서인지 누구도 반발을 못 했다.

그런 그들의 전면에는 끝없이 불타오르는 오사카의 전경이 펼쳐져 있었다.

8장

　사흘 동안 철저하게 불태웠다.

　오사카와 그 일대는 아스카시대부터 사용되어 온 오기칠도(五畿七道) 중 오기에 속한 지역이다. 조선으로 말하면 경기도와 같은 지역이었다.

　그런 지역이다 보니 수많은 유적과 문화재가 산재해 있었다. 1분대는 이런 지역에 강까지 끼고 들어가서 포격을 감행했다.

　그로 인해 오기 지역은 회복할 수 없는 피해를 입었다.

　그나마 교토 지역은 오사카의 안쪽이어서 포격 피해가 덜했다.

　교토는 일본에서 불가침의 영역이다.

교토는 6, 7세기 한반도 도래인(渡來人)이 정착하면서 역사가 시작되었다. 그러다 8세기 간무천황(桓武天皇)이 나라(奈良)에서 수도를 옮긴 이래 죽 일본의 수도 역할을 했다.

이런 교토는 남북조시대나 일본 전국시대에서 누구도 건드리지 않았다. 그런 교토의 일부나마 포격을 받았다는 것 자체가 일본인에게는 충격이었다.

그러나 포격의 백미는 도쿄였다.

도쿄는 에도막부가 들어선 이래 실질적인 수도 역할을 해왔다. 그래서 100만이 넘는 주민이 살게 되었으며 명치유신과 함께 정식 수도가 되었다.

사흘 동안 히로시마와 그 일대를 초토화한 1분대는 다시 이동했다. 그러고는 해안을 따라 다시 포격전을 전개하다가 나고야에 도착했다.

나고야도 유서 깊은 도시다. 이런 나고야도 조선군의 포격에는 예외가 없이 초토화되었다.

이어서 도요타, 오카자키, 하마마쓰와 시즈오카 등을 무풍지대처럼 휩쓸어버렸다. 이때부터 1함대는 일본의 상징인 후지산(富士山)을 보면서 포격을 이어 나갔다.

그렇게 보름여의 시간이 흘렀다.

그리고 도쿄만의 입구에 도착했다.

1분대는 도쿄로 들어가기 직전 재보급을 받았다. 워낙 많은 포격을 감행한 탓에 포탄 소비가 너무도 많았기 때문이다.

재보급을 마친 1분대는 항진했다.

그리고 만의 입구에 도착했을 때.

쾅! 쾅! 쾅!

처음으로 해안포대의 저항을 받았다.

도쿄만의 입구는 폭이 10㎞가 안 되며 보소반도(房総半島)와 미우라반도(三浦半島)가 감싸고 있다.

일본은 지금까지 한 번도 본토를 외침으로 공략당한 적이 없다. 그 바람에 적의 공격에 대비한 시설이 크게 부족했다. 그러나 도쿄만큼은 지키기 위해 보유한 야포를 만의 끝에 집결시켜 놓고 있었다.

조선 함대가 만으로 들어오면 그것으로 끝장이나 다름없었다. 그래서 그동안 결사항전의 각오로 해안포대를 구축해 놓은 것이었다.

그러나 일본이 모르는 것이 있었다.

조선 함대의 1, 2, 3분대가 그냥 움직인 것이 아니었다. 각 분대의 전방에는 잠수함이 각각 배치되어 있었다.

이 잠수함들은 수시로 무인정찰기를 날려 전방의 상황을 파악했다. 그 덕에 각 분대는 방어를 유유히 따돌리면서 열도를 불바다로 만들고 있었다.

심지어 가장 중요한 임무를 맡은 1분대는 더한 짓을 하고 있었다. 조선 수군은 마군의 전함 태백산을 서전부터 도쿄만의 외양에 배치해 놓고 있었다.

태백산은 그동안 도쿄 일대를 속속들이 파악해 놓고 있었다. 덕분에 1분대는 일본군 포대의 사거리 밖에서 공격을 가할 수 있었다.

쾅! 쾅! 쾅! 쾅!

해전에서는 사격통제장치가 없으면 적을 포격하기가 어렵다. 그러나 함포로 육지의 해안포대를 포격하는 일은 별로 어렵지 않다.

더구나 흑색화약의 화연까지 뿜고 있는 상황이었기에 1분대의 포격은 정확했다.

꽈꽝! 꽝! 꽝!

1분대는 착실하고 철저하게 일본군 해안포대를 무력화해 나갔다. 그러다 일본군 해군 공창이 있는 요코스카에 도착했다.

요코스카의 해군 공창은 다른 지역보다 그 규모가 남달랐다. 그런 해군 공창을, 조선 수군은 함포 공격으로 완전히 박살을 내 버렸다.

그러다 요코하마에 도착했다.

조선 수군은 요코하마만큼은 포격을 가하지 않았다. 대진이 각국 공사들과 만났을 때 요코하마만큼은 포격에서 제외해 달라는 요청을 받았기 때문이다.

그러나 바로 옆의 가와사키(川崎)는 아니었다. 다른 도시와 마찬가지로 가와사키도 무차별포격으로 완전히 초토화했다.

이때 혼슈의 서부를 돌았던 2분대가 합류했다. 그렇게 합류한 2분대는 보소반도 방면을 초토화해 나갔다.

그런 두 분대가 도쿄 앞바다에서 조우했다. 두 분대는 도쿄에 대대적인 포격을 가하는 것으로 서로에 대한 환영의 뜻을 드러냈다.

100만이 넘게 사는 도쿄다.

도쿄에는 근위대인 도쿄진대가 주둔해 있었다. 이 병력이 해안 일대에 포진해 연신 사격을 가했다.

함대를 상대로 한 항전은 무모한 일이다. 더구나 야포도 없는 항전은 표적이나 다름없었다.

쾅! 쾅! 쾅! 쾅!

방어선이 무참히 갈려 나갔다. 그럼에도 일본군은 무모할 정도로 무의미한 사격을 감행했다.

대진은 주먹을 움켜쥐었다.

"좋아! 끝까지 항전해라. 그러면 그럴수록 우리는 더 좋다. 우리의 열도 공략은 이게 끝이 아닌 시작이다."

지난 해전 당시 도쿄진대는 병력을 차출하지 않았다. 그럼에도 정규 병력은 아직 편제를 마치지 못해서 5,000여 명에 불과했다.

그 병력이 조선군의 상륙을 막기 위해 이중삼중의 방어벽을 구축해 놓고 있었다. 그러나 조선군은 처음부터 상륙할 계획이 없었다.

해안 일대의 방어선을 초토화한 조선 수군은 배를 해안가로 바짝 댔다.

도쿄는 아직 간척 작업이 되어 있지 않았다. 더구나 해안 방어선이 박살 낸 상태여서 조선 수군은 항구에 최대한 붙여 포격을 감행할 수 있었다.

쾅! 쾅! 쾅! 쾅!

드디어 도쿄에 대한 포격이 시작되었다.

2개 분대 6척이 쏘아 대는 소이탄은 그대로 도쿄를 불바다로 만들었다. 그런 불바다 지옥도의 가장 중심에는 도쿄성이 있었다.

이 성은 본래 에도막부의 쇼군의 거처였다. 그런 곳이 대정봉환(大政奉還) 이후 일왕의 거처가 되면서 이름이 에도성에서 도쿄성으로 바뀌었다.

조선 수군의 함포는 이 성을 가장 먼저 타격지로 삼았다. 도쿄에는 높은 건물이 없어서 바다에서도 성이 제일 먼저 보였다.

일왕의 거처였지만 지금은 비어 있다.

1873년 화재로 거처가 소실되면서 바로 옆의 이궁에 일왕이 머무르고 있었기 때문이다. 그러나 조선 수군이 공략을 시작하면서 이 이궁마저도 지금은 비워져 있었다.

조선 수군에게 이런 사정은 알 필요가 없는 것이었다. 단지 임진왜란 당시 일본군의 의해 불태워졌던—피난민들이 불태웠다는 설도 있다— 경복궁의 복수를 보는 것 같아 너무도 속이 시원했다.

대진도 마찬가지였다.

"철저하게 태워 버려라. 도쿄성은 역사가 오래되어서 고목도 많을 것이다. 그런 고목은 소이탄에는 더없이 좋은 먹잇감이니 이번 포격으로 모조리 잿더미로 만들어 버려라."

도고 헤이하치로는 대진의 말을 알아들을 수 없었다. 그럼에도 대진이 무슨 말을 하는지 어렵지 않게 짐작할 수 있었다.

"……."

착잡했다.

일본에서 일왕은 아직 신격화되지 않았다. 그러나 평민 출신의 도고 헤이하치로에게 일왕은 이미 신이나 다름없는 존재였다.

"흑! 흑!"

옆에 있는 육군 장교는 이미 눈물을 흘리고 있었다.

도고 헤이하치로는 눈물은 나지 않았지만 마음 한편이 무너져 내리는 상실감을 느꼈다.

도쿄 포격은 닷새 동안 진행되었다.

불이 꺼질 것 같으면 포격이 다시 진행되었고, 끝이 날 것 같은데도 계속 이어졌다. 그렇게 닷새간의 포격이 끝났을 때 도쿄에는 제대로 서 있는 건물이 없을 정도였다.

그렇게 열도를 초토화한 조선 수군은 유유히 물러갔다. 이렇게 조선 수군이 물러갔음에도 도쿄 해안을 지키던 일본 육군은 바로 병력을 풀지 못했다.

언제 또다시 조선 수군이 나타나 상륙작전을 감행할지 모르기 때문이다.

이런 일본의 우려를 뒤로하고 조선 수군은 천천히 남진했다.

그런 조선 수군 분대들이 시모노세키에 도착했을 즈음. 부산에서 3만의 선발대를 태운 수송선단이 출항했다.

조선 수군은 일본군과 달리 전속으로 항진했다. 그리고 바다에서 하루를 보낸 다음 날 바로 시모노세키에 상륙했다.

그러고는 진지를 구축해서는 사흘 동안의 휴식을 취했다.

이렇게 한 데에는 이유가 있었다.

조선군 중 배를 타 본 사람이 거의 없다.

그래서 대부분 멀미에 시달려야 했으며 이들을 위한 휴식 시간이 필요했다. 육군이 휴식을 취하는 동안 수군은 부지런히 군수 장비를 수송했다.

그리고 사흘 후.

"전군 출발하라!"

드디어 조선군의 진격이 시작되었다.

1분대와 함께 열도를 초토화한 대진은 그동안 촬영한 동영상을 한양으로 보냈다. 그러고는 조선군 1진과 함께 북진에 동행했다.

조선군은 파죽지세로 진군했다.

한 달여의 해안 포격으로 방어선이 거의 무너진 상황이었다. 일본은 조선군이 이렇게 빨리 육상으로 공격해 들어올 거라고는 예상 못 했다.

덕분에 조선군은 저항다운 저항도 없이 진격해 나갈 수 있었다. 그렇게 불과 열흘 만에 야마구치 일대를 장악해서는 1차 저지선을 구축했다.

조선군은 이미 열도의 지리에 대해 꿰뚫고 있었다. 그래서 주요 거점마다 부대를 배치하고는 후발대가 오기를 기다렸다.

일본열도는 발칵 뒤집어졌다.

거의 한 달 동안의 포격으로 열도는 초토화되었다고 해도 과언이 아니었다. 계속된 포격으로 일본인들 대부분은 집을 버리고 산으로 피신해 있었다.

그로 인해 가을걷이도 제대라 할 수 없는 지경에 이르렀다. 그런 상황이 겨우겨우 수습되어 가고 있었는데 이번에는 육상 병력이 침공해 온 것이다.

일본 정부의 대책회의가 연일 열렸다.

쾅!

야마가타 아리토모가 대로했다.

"있을 수 없는 일입니다. 어떠한 일이 있더라도 조선군의 침략을 막아 내야 합니다."

그가 지도의 한곳을 짚었다.

"우리 육군이 이곳 히로시마로 병력을 집결시키겠습니다.

그래서 조선군의 공세를 막아 내고는 대대적인 반격을 시작
하겠습니다."

오쿠보 도시미치가 우려했다.

"조선군의 1진에 이어 2진 5만까지 상륙했다고 합니다. 이
8만의 병력을 막기에는 우리 병력이 너무 부족합니다. 지금
까지 징병한 병력이라고 해 봐야 5만이 고작입니다. 더구나
서양에서 수입한 소총도 부족하고요."

야마가타가 의외의 주장을 했다.

"각하! 당장 병력을 충원하려면 특단의 조치가 필요합니
다. 그러니 사무라이들에 대한 징병 제한을 풀어 주십시오.
그래야만 단시간에 병력을 모을 수 있습니다."

지금까지 일본은 사무라이들의 징병을 막아 왔다. 그들을
받아들였다가는 정부를 이끌고 있는 유신지사들과의 충돌이
우려되었기 때문이다.

그런데 그런 금기사항을 야마가타 아리토모가 깨트리려
하고 있었다.

이토 히로부미가 적극 반대했다.

"그건 아니 될 말씀입니다. 사무라이를 징병하면 뒷일을
감당하기 어렵습니다. 차라리 모든 주민을 대상으로 징병하
는 게 좋지 않겠습니까?"

그 말에 야마가타가 고개를 저었다.

"지금은 국가적 위기 상황입니다. 이런 위기 상황을 타개

하기 위해서는 어쩔 수 없이 사무라이들을 받아들여야 합니다. 우리 일본에서 지금 당장 전장에 투입할 수 있는 병력은 그들뿐입니다."

그러자 몇 명이 이토를 따라 우려를 나타냈다. 하지만 야마가타 아리토모의 생각은 강경했다.

"송구하지만 지금의 우리는 다음을 생각할 겨를이 없습니다. 무조건 히로시마에서 조선군을 저지해야 합니다. 만일 히로시마에서 밀리면 다음은 오사카입니다."

그러자 모두의 표정이 심각해졌다.

오쿠보 도시미치가 나섰다.

"정녕 다른 방법은 없는 겁니까?"

야마가타의 목소리가 높아졌다.

"지난 반년 동안 우리는 징병을 위해 부단한 노력을 기울여 왔습니다. 그렇게 해서 모은 병력이 5만이고요. 그런데 조선은 벌써 8만입니다. 그런데 이 병력도 다가 아닙니다. 제가 생각해도 조선은 적어도 15만 이상을 투입할 것입니다."

이 말에 방 안 분위기가 더 가라앉았다.

오쿠보 도시미치가 다시 나섰다.

"사무라이를 징병한다고 해도 시간이 너무 촉박하지 않겠습니까?"

야마가타의 표정이 단호했다.

"그래도 어쩔 수 없습니다. 그나마 다행인 점은 지금이 9월 하순이란 겁니다. 곧 겨울이란 말씀이지요."

오쿠보가 겨우 말을 알아들었다.

"원정을 온 조선군이 무리해 가며 겨울에 전쟁을 치르려 하지 않을 거란 말씀이군요."

"그렇습니다. 그래서 히로시마를 사수해야 한다는 말씀입니다. 그리고 설사 히로시마를 내주더라도 오사카에서만큼은 죽기를 각오하고 항전해서 저들의 북진을 저지해야 합니다."

"오사카에서 겨울을 보내자는 겁니까?"

야마가타가 고개를 끄덕였다.

"그렇습니다. 우리 일본의 사무라이는 200만입니다. 만일 사무라이의 징병 제한이 해제된다면 겨울 동안 50만이 아니라 100만도 징병할 수 있습니다. 그러는 동안 서양과 긴급 협의를 해서 총기도 대량으로 들여올 수 있고요."

데라시마 외무경이 나섰다.

"지난번에 왔던 조선 사신이 요코하마에서 서양 공사들과 은밀히 만났다고 합니다."

야마가타가 곤혹스러워했다.

"서양 공사들을 은밀히 만났다니요. 그러면 조선 사신이 그들과 모략이라도 꾸몄단 말씀입니까?"

데라시마가 고개를 저었다.

"자세한 내용은 알 수 없습니다. 하지만 추측하건대 조선이 모종의 조건을 제시하면서 서양 제국의 개입을 막았을 것으로 보입니다."

야마가타가 한숨을 내쉬었다.

"하아! 갈수록 태산이구나. 급하면 그들에게 도움을 요청하려고 했는데 틀려먹었어요."

그때 이토가 놀라운 발언을 했다.

"사무라이에 대한 징병 제한을 풀어 줍시다."

오쿠보 도시미치가 깜짝 놀랐다.

"아니, 방금 전까지 불가를 외치시던 분이 왜 갑자기 생각을 바꾸신 겁니까?"

이토가 그런 오쿠보의 질문에 대한 답을 제쳐둔 채 외무경을 바라봤다.

"데라시마 외무경, 서양과 교섭해서 수십만이나 100여만 정의 소총을 들여올 수 있겠습니까?"

데라시마가 바로 고개를 저었다.

"어려운 말씀입니다. 설령 협상에 성공한다고 해도 당장 들여오는 건 불가능합니다. 그리고 무엇보다 그 정도의 무기를 들여올 정도의 재정이 없습니다. 그렇다고 전시 국채를 추가 발행하기도 어렵고요."

그의 답을 들은 이토 히로부미가 말을 이었다.

"우리는 사면초가입니다. 병력도 부족하고 재정도 부족합니다. 이런 난국을 풀기 위해서는 사무라이의 징병 해제가 최선입니다. 그래서 저는 이번에 사무라이들의 참전이 필요

하다는 쪽으로 생각을 바꿨습니다. 그리고 아시가루의 철포
부대를 선봉에 세워서 적극 활용했으면 합니다."

야마가타가 그의 말뜻을 대번에 알아들었다.

"일종의 인해전술을 쓰자는 말씀이군요."

"그렇습니다. 지금 우리는 병력도 부족하지만 신식 대포
와 소총도 부족합니다. 그러니 병력이라도 대거 투입해야 조
선군의 진격을 막을 수 있지 않겠습니까?"

야마가타가 격하게 공감했다.

"놀랍습니다. 역시 공부경께서는 최고의 지략가이십니다.
저도 사무라이를 징병하면 각하의 말씀대로 병력을 운용하
려고 합니다."

이어서 야마가타가 자신의 계획을 설명했다. 처음에는 부
정적이던 사람들도 이토의 찬성에 이어 이 설명을 듣고는 일
제히 고개를 끄덕였다.

오쿠보 도시미치가 결정했다.

"좋습니다. 당장 공고해서 사무라이들의 징병을 받도록
합시다."

"감사합니다, 각하."

의견이 모아지자 일본 정부는 바로 움직였다. 일반 주민들
을 대상으로 한 징병에 이어 사무라이들만의 징병이 실시되
었다.

사무라이들의 반응은 놀라웠다.

사무라이들은 개혁에 소외되어 왔다.

사무라이들은 그동안 누려 왔던 기득권이 유신과 함께 하나하나 박탈되었다. 가장 먼저 폐도령에 의해 칼을 차고 다니는 것이 금지되었다.

이어서 질록처분이 내려지면서 그동안 지급받던 녹봉까지 없어졌다. 이 조치로 인해 사무라이들의 신분은 귀족에서 백수로 급전직하했다.

물론 일부는 관리로 임용되었지만, 200여만의 사무라이 대부분이 백수가 된 것이다.

사무라이들은 분노했다.

일부 강경파들은 질록처분을 내린 오쿠보 도시미치를 암살하려 사람을 모으고 있었다. 그러던 차에 조일전쟁이 발발했으며 조선과의 첫 번째 해전에서 대패하고 말았다.

이때 많은 사무라이들이 자원입대하려 했다. 그러나 유신정부가 이들의 입대를 막아서면서 불만은 더 크게 쌓였다.

그러다 이번에 히로시마까지 밀리고 나서야 입대가 가능하게 된 것이다.

백수가 된 사무라이들은 이조차도 감사했다. 그러면서 아시가루들의 입대를 적극 받아들인다는 포고에 엄청난 인파가 몰렸다.

그렇게 어찌어찌 20여만을 모은 일본은 병력을 히로시마로 급파했다. 대진은 그런 병력을 망원경으로 바라보고는 어이없어했다.

"사령관님, 우리가 보고 있는 저 장면이 정녕 현실입니까?"

시모노세키의 첫 번째 상륙부대는 해병대였다. 해병대는 이후 조선군의 선봉으로 히로시마까지 불과 보름 만에 주파하는 놀라운 전과를 올렸다.

장병익이 고개를 저었다.

"어이없기는 나도 마찬가지야. 오죽했으면 내가 이 특보더러 오라고 했을까?"

일본 정부는 고심 끝에 사무라이의 참전을 받아들이기는 했다. 그러나 이들에게 지급할 신식 군복은 물론이고 소총이 없는 것이 문제였다.

그렇다 보니 사무라이들은 하나같이 과거의 갑옷을 입고 나왔다. 그런 사무라이들이 들고 있는 소총도 당연히 구식 소총이 전부였다.

대진이 어이없어했다.

"아무리 병력이 부족해도 그렇지, 저건 임진왜란 때의 복장이 아닙니까?"

"그래, 맞아. 아시가루 철포부대라는 하급사무라이들이야."

"으음!"

대진은 잠깐 고심했다.

"아무래도 일본이 사무라이들의 징병 제한을 푼 것 같습니다. 그래서 입대한 사무라이들을 저렇게 전방에 내세운 것이고요."

"총알받이를 만들었다는 말이구나."

"그렇습니다. 그리고 저들의 편성을 감안하면 아무래도 돌격을 감행할 것 같습니다."

장병익이 전방을 살피다가 동조했다.

"그렇다면 우리도 준비해야겠지. 부관!"

"예, 사령관님."

"일본군이 돌격을 감행할 것 같다. 허니 거기에 대해 준비하도록 하라."

"개틀링기관총을 전방에 세우겠습니다."

"좋아. 그렇게 해."

10문의 개틀링이 전방으로 나섰다.

윤병진은 훈련도감 출신이다.

훈국 병사였던 그는 어릴 적에 군사훈련을 마치고 하사로 임관했다. 그러다 몇 년의 경험을 쌓고는 중사로 승진해서 참전했다.

그런 윤병진이 담당하는 것은 개틀링이었다.

병진에게는 반자동인 평정소총만 해도 감지덕지였다.

그런데 개틀링 사수로 낙점된 것이다.

병진은 처음 시범 사격을 하자마자 가슴이 벅차올랐다.

이후 병진은 돼지기름으로 매일 기관총을 손질하며 애지

중지 다루었다.

그런 병진이 다루는 개틀링은 8개의 총열이 회전하면서 격발하는 기관총이다.

그래서 총열이 달궈지는 속도가 느렸다. 그럼에도 공랭식이어서 오랜 시간 사격하면 총열을 교체해야 했다.

이런 교체 작업과 탄창을 갈아 끼우는 일은 부사수들이 한다. 그리고 총신이 무거워서 야포처럼 철로 된 바퀴를 달고 견인한다. 여기에 총탄을 실은 마차까지 함께 이동해야 해서 10명이 한 조였다.

병진은 부사수들과 전방에 섰다.

그런 병진의 앞에는 얕은 능선의 초원이 펼쳐져 있었다. 그리고 그 너머에는 화려한 갑옷을 입은 사무라이들이 끝도 없이 도열해 있었다.

과거였다면 기괴한 갑옷을 입은 사무라이를 보기만 해도 오금이 저렸을 것이다. 그러나 병진의 눈에는 그저 눈에 잘 띄는 표적으로만 보였다.

절로 웃음이 터졌다.

"하하하! 이놈들, 어서 오너라! 너희들이 온갖 복장을 하고 있지만 내 눈에는 그저 움직이는 표적으로만 보인다. 그러니 어서 오너라! 내가 이 기관총으로 모조리 도륙을 내 주마."

대진은 조금 떨어진 곳에서 병진을 바라보고 있었다. 그러다 병진의 웃음소리를 들으니 절로 미소가 지어졌다.

"조금도 긴장을 하지 않네요."

"좋은 현상이지. 몇 번의 전투를 승리하면서 병사들의 사기가 충천해 있어서 그래."

"사기가 충천한 것이 그냥 보기만 해도 느껴집니다. 전쟁에서 기세가 왜 중요한지 요즘 뼈저리게 절감하는 중입니다."

장병익도 동조했다.

"전쟁은 기세의 싸움이야. 우리 시대에는 전자전이어서 대면 전투가 거의 사라졌지만 이 시대는 정면 격돌이 승부를 가르잖아."

이때 참모장이 질문했다.

"그런데 일본군이 돌격을 감행할까요? 저런 구릉지의 초원에서 돌격을 감행하면 정말 총알받이밖에 안 될 터인데요."

장병익도 그에 동감했다.

"일본군 지휘관도 그걸 모르지는 않을 거야."

"그런데도 사령관님은 돌격을 감행할 거라고 보시는군요."

"전투 경험의 부재 때문이지. 저들은 참호도 파지 않고 있잖아. 그런 상황에서 우리의 대대적인 축차 포격을 당하면 절대 견뎌 내지 못해. 그렇게 방어선이 깨질 바에야 돌격을 감행해서 돌파구를 뚫으려 할 거야."

"하긴, 참호도 모르는 상황이니 방어선을 고수하는 자체가 문제이기는 합니다."

대진도 거들었다.

"축차 포격으로 소이탄 몇 방만 집중하면 참호가 있다고 해도 견뎌 낼 방어선이 없습니다."

장병익도 동의했다.

"맞는 말이야. 이 시대에 소이탄을 막아 낼 방어선은 어디에도 없어."

대진의 판단이 이어졌다.

"지난번의 함포사격으로 열도가 어떻게 불타올랐는지 알고 있는 일본군입니다. 그런 일본군이 방어만 하고 있을 리는 만무합니다. 더구나 할복이나 돌격을 당연시하는 사무라이들로서는 공격하다가 죽을지라도 앉아서 죽으려고 하지는 않을 겁니다."

참모장도 그제야 고개를 끄덕였다.

"적의 돌격 공격을 더 대비해야겠습니다."

"그렇게 해. 그리고 포병에게 저들의 돌격 공격을 끌어내기 위한 선제 포격을 감행하라고 연락해."

"예, 알겠습니다."

잠시 후.

쾅! 쾅! 쾅! 쾅!

조선군의 대대적인 포격이 시작되었다. 포격은 일반 포탄과 소이탄을 혼용되어서 위력이 한층 배가되었다.

포격이 시작되자마자 일본군의 진용은 눈에 띄게 흐트러

졌다. 그리고 얼마의 시간이 지나지 않아 일본군 전체에서 움직임이 보이기 시작되었다.

대진의 손에 절로 힘이 들어갔다.

"저들의 돌격을 감행할 태세입니다."

장병익이 소리쳤다.

"일본군의 돌격이 예상된다! 각 부대는 자신의 방어선이 뚫리지 않도록 철저하게 방어하라!"

"예, 알겠습니다."

조선군의 선두부대는 해병대였다. 그렇다 보니 그의 지시는 조선군의 최일선에 바로 전달되었다.

조선군의 포격은 일본군을 질리기에 충분할 정도로 집중되었다. 그런 포격이 쏟아지고 있음에도 일본군은 후퇴가 아닌 전진을 택했다.

그러던 어느 순간이었다.

서서히 전진하던 일본군이 갑자기 달리기 시작했다. 일본군은 공포심을 이겨 내기 위해 온갖 함성을 지르며 달렸다.

"와!"

"만세!"

"돌격!"

병진은 벌판을 달려오는 일본군을 눈도 깜빡이지 않고 노려봤다. 그런 병진의 머릿속에는 숫자가 차례로 떠오르고 있었다.

병진의 행동에는 이유가 있었다.

병진은 기관총의 사거리를 맞추기 위해서 수를 세고 있었다. 노련한 사수인 병진은 목측으로 유효사거리를 미리 재두고 있었던 것이다.

'10, 9, 8, 7, 6, 5, 4, 3, 2, 1.'

병진이 목청껏 소리쳤다.

"발사!"

외침과 동시에 총신의 옆에 달린 손잡이를 힘차게 돌리기 시작했다. 그 순간 기관총의 총구에서 둔탁한 발사음과 함께 불이 뿜어졌다.

투! 투! 투! 투!

발사음은 거칠었으며 화연은 대번에 전방이 제대로 보이지 않을 정도로 치솟았다. 병진은 능숙하게 총구를 좌우로 이동하며 손잡이를 돌렸다.

개틀링기관총을 사격하려면 몸체 옆에 달린 손잡이를 돌려야 한다. 그렇게 돌아간 손잡이가 총열에 맞춰지면서 격발되는 방식이었다. 이렇듯 직접 손잡이를 돌려야 격발되지만 분당 500발의 발사 속도가 나온다.

기관총이 불을 뿜으면서 달려오던 일본군은 추풍낙엽이 되었다. 그런 모습을 보면서 병진의 목소리는 더욱 높아졌다.

병진이 격하게 소리쳤다.

"야, 이! 쪽발이 놈들아! 어디 마음대로 덤벼 봐라! 내가 모조리 쓸어 줄 것이다!"

투! 투! 투! 투!

연사되는 기관총과 함께 병진의 입에서도 거친 욕설이 계속 나왔다. 그러나 눈으로는 더없이 냉정하게 전장을 훑어보고 있었다.

일본군은 무참하게 쓸려 나갔다.

10문의 기관총에서 뿜어 대는 총탄은 전면 구릉지를 피바다로 만들었다. 그럼에도 일본군은 사무라이답게 진격을 멈추지 않았다.

일본군의 진격이 점차 효과를 발휘하려 할 즈음이었다.

펑! 쾅! 펑! 화악!

방어선을 타격하던 포탄이 돌진하는 일본군에게로 쏟아져 내렸다. 쏟아진 소이탄은 1발로 축구장 2~3면의 면적을 불지옥으로 만들었다.

폭심에 있던 일본군은 비명도 지르지 못하고 녹아내렸다. 폭발 반경 주변의 일본군은 비산되는 유탄에 맞아 몸이 타들어 갔다.

"으악!"

"아악!"

몸이 타는 고통은 어마어마했다.

일본군은 비명을 지르며 몸부림을 쳤다. 그런 고통을 당하면서도 불을 끄려 했지만 한 번 붙은 불은 꺼지지 않았다.

감당하기 어려운 공격이었다.

그 바람에 돌격이 주춤해졌다.

지금까지 일본군은 기관총의 총격에 동료들이 쓸려 나가는 것도 무시하며 돌격했다. 그러한 일본군의 돌격이 처음으로 주춤해진 것이다.

여기가 분기점이었다.

기병도 달리다가 속도가 급격히 줄어들면 제대로 힘을 발휘하지 못한다. 마찬가지로 돌격하던 보병도 주춤하는 순간 동력을 급격히 상실한다.

이 순간을 놓치지 않고 조선군의 포격과 총격 그리고 유탄이 집중되었다. 그렇게 집중 공격을 받은 일본군은 더 이상 돌격을 못 하고 무너져 내렸다.

"후퇴하라!"

"으아아!"

일본군은 올 때보다 더 빠르게 후퇴했다. 빨리 후퇴하려다 보니 거추장스러운 각종 병기들을 내버리며 도망쳤다. 그러나 이런 일본군을, 조선군은 그대로 두고 보지 않았다.

"돌격하라!"

"우와!"

"와!"

조선군의 돌격이 시작되었다.

일본군은 대응조차 못 했다.

기세가 한 번 밀린 일본군 진영은 걷잡을 수 없이 무너져 내렸다. 이런 일본군에게 조선군은 악귀는 다름없었다.

　탕! 탕! 탕! 탕!

　평정소총은 8연발 반자동이다.

　조선군은 평정소총의 이점을 최대한 살리면서 돌격했다. 이런 조선군을 진영이 무너진 일본군이 막아 낼 방도는 없었다.

　단 한 번의 격돌로 수십 킬로미터의 전선이 이동했다. 이 공세로 조선군의 선두는 히로시마 지척까지 전진할 수 있었다.

　일본군은 히로시마에서 한숨 돌리려 했다. 그리고 다시 병력을 집결해 조선군을 방어하려 했다.

　그러나 이는 희망 사항에 불과했다.

　이번에는 대기하고 있던 조선 수군이 나섰다. 히로시마로 일본군이 집결하는 것을 본 조선 수군의 함포가 일제히 불을 뿜었다.

　쾅! 쾅! 쾅! 쾅!

　일본 본토는 좁고 길다.

　해안지대에는 평야가 많지만 중심부는 산악지대로 되어 있다. 이런 지형 때문에 해안을 따라 도시가 형성되어 있었다.

　히로시마 주변도 다르지 않았다.

　일본군 저지선은 히로시마에서 그리 멀리 떨어져 있지 않은 지역이었다. 거기서 밀려난 일본군은 히로시마로 몰려들 수밖에 없었다. 그런 히로시마에 조선 수군 함포가 무지막지

하게 불을 뿜어 댔다.

일본군은 크게 당황했다.

일본군은 육전과 해전을 동시에 치러 본 경험이 전혀 없다. 그럼에도 나름대로 버텨 내려고 애를 썼다.

그러나 조선 수군은 한발 더 나아갔다.

조선 수군이 옆에 있는 구레(吳)까지 초토화하자 일본군은 다급해졌다. 자칫 잘못하다간 퇴로까지 차단될 우려가 있었기 때문이다. 고심하던 일본군은 결국 히로시마를 포기했다.

히로시마의 일본군이 퇴각을 시작했다. 그것을 본 조선군은 더 거세게 밀어붙였다.

그러자 일본군은 무수한 낙오병을 남겨 놓고서 정신없이 후퇴했다.

그런데 조선 육군은 일본군 낙오병을 버려두고 갈 수가 없었다. 자칫 게릴라가 되어 뒤통수를 때릴 수도 있었기 때문이다. 어쩔 수 없이 이들을 처리해야 했고, 그 바람에 많은 시간을 허비해야 했다.

조선군은 급히 병력을 나눴다. 그리고 다시 추격에 나섰다.

한 번 밀리기 시작한 일본군은 정신없이 후퇴할 수밖에 없었다. 어쩌다 한숨 돌리고 정신을 차리려 해도 조선 수군이 가만두지 않았다.

그렇다고 많은 병력을 데리고 산악지대로 들어갈 수도 없었다.

물론 일부 병력은 산지로 후퇴하기도 했다. 그러나 이들을 조선군이 끝까지 추격해 항복을 받아 냈다.

일본군은 한동안 그저 퇴각을 거듭할 수밖에 없었다. 그러다 고베에 이르고서야 겨우 한숨을 돌릴 수 있었다.

오사카 앞바다에는 오사카만을 감싸고 아와지(淡路)섬이 길게 누워 있다. 이 섬의 끝과 일본 본토는 3㎞가 채 안 되는 좁은 해협이다.

일본은 만일에 대비해 여기에 해안포대를 구축해 놓고 있었다.

해안포는 사거리도 짧고 위력도 약한 구식이었다.

그러나 포라는 사실은 변함이 없었다.

조선 수군은 무모하게 좁은 해협을 통과하지 않고 섬을 돌았다. 그 덕에 며칠의 시간을 번 일본군은 겨우 숨을 고를 수 있었다.

불과 20여 일 만에 히로시마에서 고베까지 밀려 버렸다. 그런데 고베와 오사카는 지척이어서 고베가 뚫리면 그다음은 바로 오사카였다.

이런 사정이 전신을 통해 도쿄에 전달되었다. 전황 급보를 받은 일본 내각은 초상집이 되었다.

오쿠보 도시미치가 안타까워했다.

"아아! 아무리 급조했어도 무려 20만 명입니다. 아무리 화력에서 밀린다 해도 몇 달은 견딜 줄 알았는데, 단 하루도 버티지 못하다니요. 참으로 통탄할 일이 아닐 수 없습니다."

야마가타가 고개를 숙였다.

"송구합니다. 이 모두가 소인의 잘못된 생각이 만들어 낸 치욕입니다."

가쓰 가이슈가 위로했다.

"너무 자책하지 마십시오. 각하께서 그런 말씀을 하시면 저는 더 송구합니다. 히로시마전투에서 밀리게 된 것은 해군력이 부재했기 때문입니다. 만일 해군만 제대로 받쳐 주었다면 이런 패배는 절대 없었을 겁니다."

야마가타가 고개를 저었다.

"그런 말씀 마십시오. 해군력이 부족한 것은 재정 때문이지 각하께서 잘못하신 것이 아닙니다."

모처럼 둘이 서로를 위로했다.

늘 부딪히던 육군과 해군이었다.

그런 양군의 최고 책임자도 터무니없이 밀리는 전세에 동병상련을 느낀 것이다. 그런 두 사람의 모습을 보는 사람들의 표정은 하나같이 어두웠다.

야마가타 아리토모가 정색했다.

"그래도 오사카를 중심으로 20여만 명을 추가로 징집했습니다. 대부분이 사무라이들이고요. 이들을 최대한 활용해 오사카만큼은 결사 방어를 해 보겠습니다."

오쿠보 도시미치가 부탁했다.

"잘 부탁합니다. 오사카가 넘어가면 긴키(近畿) 전체가 위험해집니다."

야마가타 아리토모도 불안한 건 사실이었다. 그는 그런 불안감을 떨쳐 내기 위해 목소리를 높였다.

"걱정 마십시오! 최고의 맹장들을 보냈으니 이번만큼은 좋은 결과가 있을 것입니다!"

보통 전황이 어려워지면 최고 지휘관이 직접 나서는 것이 상례다. 그러나 야마가타 아리토모는 자신이 나서겠다는 말을 하지 않았다.

입으로는 결사항전을 말하고 있었다. 그러나 야마가타 아리토모는 이번 전쟁이 쉽지 않다는 사실을 알고 있었다.

'큰일이다. 조선군의 막강한 화력을 막아 낼 방도가 없어. 더구나 해군력이 전무한 상황이니 이 난국을 헤쳐 나갈 방도가 떠오르지 않아.'

그가 머리를 흔들며 나쁜 생각을 떨쳐 냈다. 그러고는 조금 전보다 더 큰 목소리를 냈다.

"고베 방면에 삼중사중의 방어선을 구축해 두었습니다. 조선군의 화력이 아무리 좋다고 해도 이 방어선만큼은 쉽게 뚫지 못할 것입니다."

"믿어 보겠습니다."

"이번만큼은 절대 쉽게 물러서지 않을 것입니다."

야마가타의 장담에 일본 내각 대신들도 일제히 고개를 끄덕였다. 그러나 대신들의 표정은 하나같이 밝지가 않았다.

야마가타 아리토모의 계획대로 일본군은 고베 일대에 방어선을 구축했다. 새로 징병한 20만 명과 퇴각한 10여만 명을 모조리 투입한 것이다.

그리고 삼중 방어선을 구축했다.

방어선은 아와지섬을 끼고 조성되었다.

덕분에 다른 지역과 달리 해안 포격을 걱정하지 않아도 되었다. 일본군 나름대로 심사숙고해서 최선의 철벽을 쌓은 것이었다.

그러나 이런 철벽도 조선군에게는 별무신통이었다. 조선군은 처음부터 이 방어선을 돌파할 생각이 없었다.

일본군이 방어선을 구축하고 얼마 지나지 않았을 무렵.

일단의 조선 수군 함대가 일본군의 방어선 후방으로 조용히 다가갔다.

이병석은 울릉도 출신이다.

마고부대가 처음 울릉도를 정찰했을 때 가장 먼저 찾아낸 주민이 병석이다. 이후 병석은 마군과 함께 생활하면서 군 입대를 결심했다.

해병여단을 도우며 생활하던 병석은 훈련도감 병력과 함께 훈련소에 입소했다. 그리고 누구보다 열심히 훈련을 받았다.

병석의 노력은 곧 교관들의 눈에 띄어 울릉도에서 특수훈련을 받게 되었다. 그리고 임관과 함께 특전부대에 잠시 근무하다가 해병대에 자원했다.

징병이 실시되면서 조선군 해병대가 창설되면서 신병을 받아들였다. 병석은 교관이 되어 해병대 신병들을 단련시켜 왔다.

그러다 전쟁이 발발하자 병석은 바로 자원해서 참전했다. 그런 병석은 이번에 자신이 이끄는 병력과 함께 수송선에 타고 있었다.

병석은 동행한 병사를 다독였다.

"김 일병, 두렵지?"

병사가 몸이 굳은 채로 대답했다.

"아닙니다. 괜찮습니다."

"너무 굳어 있을 필요 없어. 나도 두려우니까. 두려운 게 당연한 거야."

병석의 말에 병사의 눈이 커졌다.

"이 중사님도 두렵습니까?"

"당연하지. 목숨이 왔다 갔다 하는데 두렵지 않은 사람이 어디 있어?"

"저는 중사님이 늘 당당하셔서 두려움을 모르시는 분인 줄 알았습니다."

이병석이 싱긋이 웃었다.

"일부러 그러는 거야. 내가 두려워하면 너희들이 더 몸을 움츠릴 거잖아."

"그건 그렇습니다."

병석이 하늘을 올려다봤다.

"그나저나 달이 참 밝다. 한밤인데도 달빛 덕분에 주변이 환해. 우리 고향에서도 저 달이 보이겠지?"

병사도 하늘을 올려다봤다. 하늘에는 보름달이 휘영청 걸려 있었다.

병사의 눈이 아련해졌다.

"달이 참 밝네요. 지금쯤 고향 우리 집 뒷마당의 감나무에 감이 주렁주렁 열렸을 겁니다."

"김 일병의 고향은 어디야?"

"저는 경상도 영일입니다."

"아! 그러고 보니 경상도 사투리가 조금씩 들리는구나."

"네, 입대한 지 1년이 되어 가는데도 쉽게 고쳐지지 않네요."

"평생 써 오던 사투리가 쉽게 고쳐지나. 그래도 이 정도만 해도 어디야."

"그렇기는 하지요. 처음에는 말투를 고치느라 아주 애를 먹었습니다. 그런데 중사님 고향은 어디신데요?"

"나? 강원도 삼척."

"이야, 그런데도 사투리가 하나도 안 들립니다."

조선은 정주 사회다 보니 사투리가 심하다. 삼남 지방도 심하지만 북방의 사투리는 특히 심해서 다른 지역 사람들이 알아듣기 어려울 정도다.

그래서 징병과 함께 제식훈련에 이어 표준말 교육을 실시했다. 말투를 고치기 위해 대한민국처럼 '다, 나, 까'를 꼭 붙이도록 했다.

그런데 이게 상당히 어려웠다.

조선인은 평생 태어난 지역을 벗어나지 못하는 경우가 대부분이다. 그런 사람들에게 사투리는 너무도 자연스러운 일상이었다. 그래서 표준말 교육이 의외로 군사훈련보다도 훨씬 더 어려웠다.

그러나 군이라는 특성이 이런 어려움을 이겨 내게 했다.

병진도 삼척이 고향이어서 본래는 투박한 강원도 사투리를 썼다. 그런 병진도 군에서 몇 년을 생활하다 보니 표준말에 몸에 뱄다.

병진이 웃었다.

"후후! 나도 처음에는 무척 고생했지. 내가 처음부터 마군과 함께 생활한 것은 알고 있지?"

"예, 그렇습니다."

"그때 군인이 되겠다고 마음먹고는 장교님께 무엇을 먼저 해야 하는지 물어봤지."

"사투리부터 고치라고 했나 보군요."

"그래, 나는 체력훈련을 열심히 하라고 할 줄 알았어. 그런데 웬걸, 말투부터 고치라는 거였어. 그래서 처음에는 '나

를 놀리나?' 하고 생각했다. 군인이 잘만 싸우면 되지 말투를
왜 고치라고 하는지 이해가 되지 않더라고."

"저도 그런 생각을 했을 것입니다."

"그래도 어쩌겠어, 하라면 해야지. 그래서 정말 부단히 노
력해서 말투를 고쳤어. 그런데 교관이 되어서 너희들을 가르
쳐 보니 그때 그분이 왜 그 말씀을 하셨는지 바로 알겠더라
고. 왜 그런지는 이제는 너도 알고 있지?"

"말이 늘어지면 행동 통일이 되지 않습니다. 명령 전달도
문제가 되고요."

"맞아. 대답부터 예, 야, 유처럼 다르니까 처음에는 죽겠
더라고. 그래서 무조건 다나까를 가르치는 거야. 훈련을 시
키려면 행동 통일부터 해야 하니까 말이야."

"맞는 말씀입니다. 저도 그렇지만 우리 동기들도 중사님
말씀을 절감합니다."

병진이 어깨를 두드려 주었다.

"이제 긴장이 조금 풀렸어?"

병사가 깜짝 놀랐다. 그러다 곧 긴장해 있던 자신의 몸이
풀어진 것을 확인하고는 급히 인사했다.

"감사합니다."

"그래, 지금처럼 하면 돼. 긴장은 마음속으로 하고 몸은
최대한 부드럽게 해야 해. 그래야 상륙할 때 안전사고가 발
생하지 않아."

"명심하겠습니다."

그렇게 얼마의 시간이 흘렀다.

온 사방이 조용하고 환한 달빛만이 세상을 비추고 있을 때.

휘익! 휘익!

갑자기 호각 소리가 들려왔다.

병석이 벌떡 일어났다.

"상륙 시작이다. 보트를 준비해."

병석과 병사가 일어남과 동시에 곳곳에서 불이 밝혀졌다. 갑판에는 고래기름으로 만든 유등이 집어등처럼 줄지어 켜졌다. 덕분에 갑판은 대낮처럼 환해졌다.

꽝! 꽝! 꽝! 꽝!

수송선을 호위하던 함정의 함포가 일제히 불을 뿜었다. 그것을 신호로 해병대원들이 일제히 보트를 내렸다.

"하선하라!"

"서둘러라! 빨리! 빨리!"

해병대원들은 보트가 채 내려지기도 전에 줄을 타고 내려갔다. 병석과 김 일병도 다른 병사들과 함께 선두 보트로 내려섰다.

병석이 소리쳤다.

"노를 잡아라! 지금부터 구령을 붙여서 노를 젓는다! 시작!"

"하나! 둘! 하나! 둘!"

해병대원들은 숫자를 복창하면서 노를 저었다. 구령 소리에 동작을 맞춘 덕분에 보트는 쭉쭉 나갔다.

해병대원들이 나가는 해안은 이미 조명탄 불빛으로 환했다. 여기에 보름달의 달빛이 바다를 비추고 있어서 해병대원들의 보트는 정확히 전진했다.

조선군의 상륙작전은 여명 직전에 시작되었다. 시간도 문제였지만 조선군의 작전을 전혀 대비하지 못한 일본군은 그저 허둥대기만 했다.

그런 빈틈 덕분에 조선군 선발대가 손쉽게 해안에 상륙할 수 있었다.

병석이 장병들을 보고 소리쳤다.

"교두보를 확보해야 한다! 모두 나를 따라 달려서 최적지를 찾도록 하라!"

병석은 자신이 먼저 앞으로 달렸다.

그렇게 얼마를 달리던 병석의 앞에 적당한 흙무더기가 나타났다. 병석이 흙무더기에 자리를 잡자 뒤따르던 병사들이 연이어 합류했다.

"적의 공격에 대비하라! 소총을 거치하고 은폐엄폐물을 확보하라!"

병사들이 일사불란하게 움직여 1차 교두보가 확보되었다. 그것을 확인한 병석은 다시 움직였다.

"너희 셋은 나를 따르라!"

병석은 다시 전력으로 달렸다.

그렇게 달려가던 병석의 시야에 허둥대며 도망치는 일본 군 몇 명이 눈에 띄었다. 병석은 달리는 것을 멈추고는 서서 쏴 자세를 취했다.

탕! 탕! 탕!

달리던 숨을 채 고르지도 않고 적을 조준해서는 방아쇠를 당겼다. 놀랍게도 병석의 그런 사격은 백발백중으로 적을 저격했다. 그렇게 몇 명의 일본군을 쓰러트린 병석이 소리쳤다.

"전진하라!"

병석이 다시 달렸다. 그런 병석의 병사들이 뒤를 조금 전 보다 더 힘찬 발걸음으로 뒤따랐다.

선발대가 거점을 확보하는 동안에도 해병대는 연신 병력 을 상륙시켰다. 함포사격과 동시에 시작된 상륙작전은 별다 른 피해 없이 대성공을 거뒀다.

해병대의 상륙 지점은 일본군의 방어선의 최후방을 이었다.

일본군은 크게 당황했다.

일본군은 아직 상륙작전의 개념조차 정립되지 않고 있었 다. 그런 상황에서 허를 찔린 일본군은 허둥대며 대응 수단 을 강구하지 못했다.

일본군은 난감했다. 제대로 뒤통수를 맞은 셈이었다.

해병대가 상륙해서 만든 거점은 그들에게 목 밑의 칼과 같 았다. 까딱 잘못하면 급소가 그대로 베이며 절명할 수도 있 었다.

그러다 날이 밝았다.

쾅! 쾅! 쾅! 쾅!

날이 밝아 오면서 그동안 잠잠했던 조선군 본진이 대대적인 포격을 감행했다. 본격적인 전면전의 서막이 열린 것이다.

조선군 해병대도 기민하게 움직였다.

퐁! 퐁! 퐁! 퐁!

해병대는 갖고 온 박격포로 일본군의 후방을 연신 타격했다. 이런 해병대의 공격에 일본군 최후 방어선은 조금씩 무력화되어 갔다.

조선 수군도 가만있지 않았다. 함포로 일본군 해안포대를 대상으로 축차 포격을 감행했다.

꽝! 꽝! 꽝! 꽝!

일본군은 착각을 하고 있었다.

조선군은 일본군 해안포대가 두려워서 섬을 돌았던 것이 아니었다. 일본군의 경계심을 늦추려고 일부러 공격하지 않았던 것뿐이었다.

하지만 이런 조선군의 계획을 몰랐던 일본군은 해안포를 중심으로 거대한 방어선을 구축했다.

그렇게 적의 방심을 유도한 조선 수군은 해병대 상륙작전을 보기 좋게 성공시켰다. 그러고는 홀가분한 심정으로 해안포대에 대대적으로 포격했다.

포격에는 간간이 소이탄도 섞여 있었다. 더구나 함포의 포탄은 커서 포격당한 해안포대는 그대로 깨져 나가거나 불타 올랐다.

조선 수군은 차곡차곡 해안포대를 박살 내며 해협으로 전진했다. 그러던 어느 순간 해안포대에서 포성이 멎었다.

해안포대가 전부 박살 난 것이다.

해안포대를 무력화한 수군 함대가 해협으로 들어갔다. 그러고는 일본군의 방어선을 향한 본격적인 함포사격이 시작되었다.

꽝! 꽝! 꽝! 꽝!

삼면 공격이 시작된 것이다.

수군의 포격이 시작되면서 조선군 본진과 해병대는 조금씩 전진했다. 압박 강도가 높아지면서 일본군은 점점 한 곳으로 몰렸다.

남은 곳은 가파른 산악뿐이었다.

후미를 찔렸을 때부터 일본군은 제대로 된 전투를 치러 낼 수가 없었다. 그렇다고 그냥 무너지지는 않고 나름대로 반격하려 했다.

그러나 이들의 앞을 기관총이 가로막으면서 돌격조차 제대로 하지 못했다. 무참히 쓸려 나가면서 방어선이 조금씩 쪼그라들었다.

그럼에도 이틀 동안 거칠게 항전했다. 그러나 퇴로가 막힌 일본군은 사흘째 되는 날 더 이상 견디지 못하고 백기를 내걸었다.

전장이 순식간에 조용해졌다. 포성도 멎고, 총소리도 멎은 전장은 쥐 죽은 듯했다.

그러다.

"와! 만세!"

"이겼다!"

조선군 진영에서 함성이 터졌다.

함성은 한동안 이어졌으며 그러는 와중에 '일본군에서 10여 명이 백기를 들고나왔다. 이어서 조선군에서도 10여 명의 인원이 앞으로 나섰다.'

하지만 전쟁은 이기는 것으로 끝이 아니었다.

항복을 받아 내는 일도 쉽지 않았다.

먼저 일본군의 무장해제가 시작되었다. 전장의 중심에 조선군이 이중으로 긴 줄을 만들었다. 일본군은 그 길을 가로질러서는 총이나 무기를 버리고 다른 곳으로 집결했다.

그곳에서 다시 소지품 검사를 받고는 정해진 지역으로 이동했다. 20만이 넘는 포로여서 무장해제를 하는 것만으로도 한나절이나 걸렸다.

다음 날부터는 더 분주했다.

조선군은 포로를 동원해 모아 둔 무기와 군수물자를 전부 수송선으로 옮겼다. 그와 함께 포로 수용시설 건설도 시작되었다.

일본군 막사를 그대로 사용했다. 수용시설은 구역을 정해 한 곳마다 수천 명씩의 인원을 분산했다.

무려 20만이 넘는 포로다.

그 많은 포로를 수용하는 시설을 만드는 데만 10여 일이 걸렸다. 당연하게도 작업에는 일본군 포로들이 동원되었다.

다행히 일본군의 군량은 몇 달 치나 될 정도로 많았다. 그래서 배식만큼은 정확히 해 주었는데, 그래서인지 일본군은 나름대로 성실하게 작업에 임했다.

이런 와중에도 조선군의 진군은 계속되었다.

조선군은 고베에 무혈입성했다. 고베에는 일본군 해군 공창과 함께 육군 기지창이 있었다.

해군 공창은 지난번의 포격으로 상당 부분 파괴되었다. 그러나 산기슭에 위치한 육군 기지창은 피해가 거의 없었다.

대진은 기지창의 내부를 둘러보며 놀랐다. 기지창에는 설치되지 않은 공작기계가 상당했다.

"이야, 공작기계가 상당히 많구나. 전부 들여온 지 얼마 되지 않은 것들이야."

대진의 전속부관 김원석도 놀랐다.

"대단합니다. 이 정도면 마포에 있는 우리의 군수공장과 맞먹는 규모 같습니다."

"그러게 말이야."

대진은 공장 내부를 둘러봤다. 그러다 소총 부품이 널려 있는 탁자에서 걸음을 멈췄다.

대진은 부품을 들어서 살폈다.

"소총을 개발하고 있었구나."

김원석이 바로 알아봤다.

"프랑스에서 만든 그라(Gras)소총입니다."

그러고는 부품을 짚어 가며 설명했다.

"보시는 대로 볼트액션으로 단발식입니다. 구경은 11㎜이며 금속 탄피가 적용된 소총입니다. 일본은 이 소총을 연구해서 만든 소총이……."

대진이 김원석의 말을 받았다.

"무라타(村田)소총이지."

"맞습니다. 기록에 따르면 1880년에 출시되었다는데 이때부터 연구했나 봅니다. 아니면 우리 때문에 개발이 2~3년 앞당겨졌을 수도 있고요."

대진이 고개를 저었다.

그가 부품을 들어서 살폈다.

"조금은 앞당겨졌을 수도 있겠지. 그렇지만 개발 시기는 비슷했을 거야. 우리도 다른 나라 소총을 복사하려면 1~2년은 연구해야 하지 않겠어?"

"맞는 말씀입니다. 일본의 지금 기술력으로는 적어도 2~3년은 걸려야 합니다."

대진은 공장 내부를 둘러봤다.

"어쨌든 의외의 성과다. 시설이 상당히 훌륭해."

"전부 본국으로 옮겨 가야겠지요?"

"당연히 그래야지. 여기뿐만 아니라 해군 공창도 뜯어 갈 수 있는 것들은 모조리 뜯어 가야지. 히로시마도 그렇지만 곧 점령할 오사카에서도 철저하고 확실하게 뜯어 가야지. 그럴 수 없다면 아예 없애 버리는 편이 나아."

"일본을 철저하게 초토화하자는 말씀이군요."

"물론이지. 지금도 작업하고 있지만 점령한 지역을 뒤져서 우리의 유물이 있으면 그것도 전부 챙겨야 하고."

"그렇지 않아도 귀화한 대마도인들이 큰 역할을 한다고 들었습니다."

"맞아. 나도 보고를 받았는데, 생각지도 않게 대활약을 펼치고 있다고 하더군. 우리 유물을 찾아야 하는 우리로서는 더없이 고마운 일이지."

"예, 맞습니다. 고마운 일이고말고요. 그런데 일본군 포로들을 그대로 두실 겁니까?"

"왜? 본국으로 데리고 가는 게 좋겠어?"

"곧 노비해방을 해야 하지 않겠습니까?"

"그렇게 되겠지."

"노비해방이 되면 토지가 없는 노비들이 대거 도시로 몰려들게 됩니다. 그렇게 되면 농촌 인력이 크게 부족해질 것이고요."

"부족한 농촌 인력을 포로로 대체하자는 거야?"

"전부를 그렇게 할 수가 없겠지요. 하지만 국가가 운영하는 공사 현장이나 왕실의 내수사전에 투입하는 정도는 가능하지 않겠습니까? 아니면 마을에 2~3명씩을 배정해서 마을 일을 돕게 해도 좋지 않겠습니까?"

대진이 부정적인 의견을 냈다.

"전쟁이 오래 지속된다면 그렇게 해도 되겠지. 그런데 전쟁이 오래가겠어? 공연히 데려갔다가 돌려보내야 하는 포로만 많아져."

김원석의 목소리가 높아졌다.

"그렇다고 포로들을 아무 대가 없이 20만 명 넘게 그냥 먹여 주고 재워 줄 수는 없습니다. 풀어 주는 것은 더 큰 문제가 있고요. 전쟁은 어차피 겨울을 넘겨서 반년 넘게 진행되지 않겠습니까?"

"반년이라도 이용을 하자는 거야?"

"예. 전쟁포로이니 광산 개발에 투입해도 좋고, 아니면 국가기간시설 공사에라도 투입시키는 게 좋지 않겠습니까? 겨울이라 어렵다면 이번에 개척한 태평양 지역 섬 개발에 적극 투입해도 좋고요."

그 말에 대진의 눈이 번쩍했다.

"그거 좋은 생각이다. 이번에 우리 영토로 선포한 태평양의 소립원제도의 개발에 포로를 투입하면 되겠구나."

일본이 오가사와라제도로 부르는 군도는 태평양상에 있다.

웨이크섬을 자국 영토로 선포한 조선은 이 제도에 눈독 들였다.

일본은 1862년 1월.

이 섬을 식민지로 삼으려 했다.

그러나 이듬해인 1863년 열강들의 압력으로 섬을 포기했다. 그러다 1876년, 정착민 38명이 파견해 다시 식민지로 삼으려 했다.

그 사실을 사전에 알고 있었던 마군은 일본이 보낸 이 배를 수장시켜 버렸다. 그러고는 조선인과 사략작전에서 포로가 된 동남아와 중국 쿨리들을 파견해 섬을 개척해 나갔다.

대진은 즉석에서 동의했다.

"알았다. 장 사령관님을 비롯한 각 군 사령관님과 포로 문제를 협의해 보도록 하자."

대진의 제안은 즉각 받아들여졌다.

개혁이 시작된 후 조선은 전 국토가 공사 현장이라고 해도 과언이 아니었다. 이런 현장에 대체복무 요원이 대거 투입되어 인력난을 크게 덜었지만 그래도 인력은 많을수록 좋았다. 더구나 태평양 일대는 아직 미국이 손을 뻗지 않은 상태여서 개발할 곳이 널려 있었다.

9장

　며칠 후.

　포로수용소로 소송선이 대거 도착했다. 그리고 일본군 포로들을 한배에 수천 명씩을 태워졌다.

　포로를 태운 수송선은 본토로 태평양 일대로 흩어졌다. 본토로 넘어간 포로들은 일이 힘든 토목공사에 투입되었다.

　태평양으로 넘어간 포로들은 개척해야 할 섬에 내려졌다. 이들은 섬마다 수십 명에서 수백 명씩 감독할 장병들과 함께 배정되었다.

　이런 일이 벌어지고 있을 무렵.

　조선군 본진은 오사카를 어렵지 않게 점령할 수 있었다. 아니, 거의 무혈입성을 했다.

일본군은 고베 방어선에 모든 병력을 투입했다. 그 바람에 오사카를 지킬 병력이 남아 있지 않았다.

손쉽게 오사카를 점령한 조선군은 일단 진군을 멈췄다. 더이상 진군하다가는 자칫 노상에서 겨울을 맞을 우려가 있었기 때문이다.

이러는 동안 본토에서 7만 명의 병력이 추가로 들어왔다. 그로 인해 조선군은 이제 15만으로 대폭 병력이 늘어났다.

다행히 오사카에는 쌀이 많았다.

에도시대에는 일본 전토에서 제배한 쌀이 전부 오사카로 모여들었다. 그렇게 모여든 쌀은 다이묘의 위상에 따라 전국으로 다시 분배되었다.

그러다 유신이 시작되고 이런 관례가 없어졌다. 그러나 열도의 모든 물산이 오사카로 몰리는 것은 예나 지금이나 달라지지 않았다.

이는 전쟁 중이라고 해서 달라지지는 않았다. 덕분에 조선군은 수백만 석의 양곡과 다양한 보급물자를 고스란히 손에 쥐게 되었다.

일본 본토의 절반 가까이를 점령한 조선군은 그냥 겨울을 나지 않았다. 날이 추워지기는 했으나 그래도 아직은 10월의 끝자락이었다.

조선군은 상륙작전의 성공으로 오사카에 거의 무혈입성했다. 그러면서 군량미와 각종 군수물자 그리고 20만이 넘는 포로까지 얻는 전과를 올렸다.

조선군은 거기서 멈추지 않고 기세를 몰아 새로운 작전을 전개하려 했다. 그러자 일본은 조선군 본진의 진격을 저지하는 데 총력을 기울였다.

조선군은 이런 일본군의 허를 찔러 북해도를 공략하려 했다. 그러기 위해 이번 상륙작전을 성공으로 이끈 해병사단의 출정이 결정되었다.

대진이 인사했다.

"충성! 다녀오겠습니다."

장병익이 대진에게 다가가 손을 내밀었다.

"조심해서 잘 다녀와. 그리고 전투가 벌어지면 지금처럼 절대 먼저 나서지 말고. 이 특보는 주상 전하와 대원군께 전황을 전해 드려야 하는 사명이 있어. 그러니 절대 위험한 일에 나서지 마라."

장병익의 당부에 대진이 머쓱해했다.

"제가 그렇게 많이 나섰습니까?"

"물론이지. 이번 상륙작전에서도 천천히 나서면 될 것을 제일 먼저 나갔잖아. 그것도 소총까지 소지하고 말이야."

"그거야 생생한 전투 장면을 확인하려다 보니 그렇게 된 것입니다."

대진의 말에 장병익이 어이없어했다.

"목숨까지 걸어 가면서 그럴 필요는 없잖아. 이 특보가 필요한 자리는 전장이 아니라 협상장이나 대궐의 편전이야. 아니면 이번처럼 포로 활용법을 제안하는 것이 제 역할이야. 그러니 이번에 북해도에서만큼은 절대 나서지 않도록 해."

대진은 자신도 모르게 가슴이 뭉클해졌다. 장병익이 지금 진심으로 자신을 걱정하고 있었기 때문이다.

대진이 고개를 숙였다.

"알겠습니다. 조심하겠습니다."

두 사람은 굳게 악수를 나눴다.

장병익이 하선하자 곧 수송선이 출발했다.

오사카에서 출발한 수송선은 모두 5척으로, 오사카만을 빠져나온 함대는 사흘 동안 북상했다.

하코다테(函館).

북해도에서 뻗어 나온 오시마(渡島)반도의 끝 중 태평양 방면 가메다(亀田)반도에 위치해 있다. 1854년 체결된 미일화친조약으로 개항되었으며 북해도의 개척사가 들어서 있는 곳이다.

반도의 끝에 있는 하코다테는 그 일대가 전부 평지였다. 그런 도시의 중심에 우뚝 솟아 있는 건물이 있었으니 류야성(柳野城)으로도 불리는 고료카쿠(五稜郭)다.

고료카쿠는 개항하면서 북방 방위와 개척사의 이전지로 축조되었다. 별 모양으로 생긴 요새는 서양의 요새 축성 방식을 들여와 지은 것으로, 2단으로 되어 있다.

그런 고료카쿠에는 에도막부의 부교소(奉行所) 건물이 남아 있었다. 그 부교소의 지붕 중심에는 높은 망루가 세워져 있었다.

이 망루는 항구로 들어오는 배를 관찰하는 용도로 지어졌다. 그런데 그런 망루가 평상시와 달리 완전히 불난 호떡집이 되었다.

땡! 땡! 땡! 땡!

고료카쿠의 망루에는 비상종이 달려 있다. 이종은 10여 년전 좌막파가 북해도를 점거했을 때 사용된 이래로 단 한 번도 울린 적이 없었다.

그런 비상종이 타종되었다.

조용하던 도시가 뒤집어졌다.

이곳에서도 본토에서의 전쟁 소식은 실시간으로 전해지고 있었다. 그럼에도 북방의 끝이어서 걱정은 되었지만 남의 일처럼 여기고 있었다.

그런데 전쟁이 현실이 된 것이다.

하코다테는 미국의 요청으로 개항지가 되었다. 미국이 이 도시를 개항지로 선택한 것은 전적으로 포경 산업 때문이었다.

미국은 이즈음 공업화가 폭발적으로 진행되고 있었다. 1859년 펜실베이니아에서 석유가 처음 시추된 이후 석유산업이 대대적으로 발전했다.

유전 지대에 철도가 놓였으며 송유관도 부설되었다. 그와 함께 각종 공업도 급속히 발전해 나갔다. 이런 발전의 원동력은 의외로 윤활유였다.

기계공업을 위해서는 윤활유가 필수였다. 그러나 원유에서 윤활유를 정제하는 기술이 아직은 개발되지 않은 상태였다.

고래기름은 최고의 윤활유였다. 그래서 공업이 발전할수록 더 많은 고래를 잡아야 했다.

미국의 포경선은 대부분 알래스카 일대가 주무대였다. 그런 포경선의 보급기지 역할을, 가장 가까운 하코다테가 하고 있었다.

이런 상황은 조선도 알고 있었다.

대진이 망원경으로 항구를 바라보니 포경선이 몇 척 보였다. 그런 포경선의 돛대에는 미국 국기가 펄럭이고 있었다.

"역시 미국 포경선이 정박해 있구나."

국기를 본 김원석이 우려했다.

"실수로 미국 포경선을 포격하면 어떻게 하지요?"

대진이 태연한 표정으로 고개를 저었다.

"문제없어."

"예? 문제가 없다니요?"

"지난번에 요코하마에 들렀을 때 각국 공사관을 예방했잖아."

"그러셨지요."

"그때 각국 공사들에게 전쟁이 벌어지면 개항지도 위험하니 전쟁이 끝날 때까지 되도록 선박을 정박시키지 말라고 경고했어. 그런 경고를 들은 각국 공사들이 공사관이 있는 요코하마는 포격이나 공격 대상에서 제외해 달라고 요청했지."

"그래서 요코하마는 포격하지 않은 거로군요."

"그래. 그때 미국에는 이곳에 포경선을 정박시키지 말라고 분명히 경고했어. 그리고 그 경고를 미국공사가 받아들였고. 그러니 저렇게 경고를 무시하고 배를 댄 것은 우리 잘못이 아냐."

"그래도 피격당하면 당장 배상 문제를 들고나오지 않겠습니까?"

"그러기야 하겠지. 그러나 그 배상은 우리가 아닌 일본이 해야 할 거야."

김원석이 탄성을 터트렸다.

"아! 그렇게 하면 문제가 없겠네요."

"그렇다고 일부러 문제를 만들 필요는 없겠지."

"맞는 말씀입니다."

조선의 수송함대는 바로 포격 준비에 돌입했다. 그리고 얼마의 시간이 지나 조선 수군의 함포사격으로 북해도 공략전이 시작되었다.

쾅! 쾅! 쾅! 쾅!

첫 표적은 고료카쿠였다.

본래는 적의 침입을 막기 위해 별 모양의 해자(垓字)를 파고 축성했다. 그런 고료카쿠는 함포사격을 하기에는 그만인 표적이었다.

조선 수군의 함포 공격에 고료카쿠는 대번에 불지옥이 되었다. 이어서 그 주변 지역이 차츰차츰 불바다로 변해 갔다.

그러나 어떠한 반격도 없었다.

그렇게 할 병력도 없었으며, 비상종이 타종되는 순간 대부분의 주민들이 피난을 떠나 버렸기 때문이다.

김원석이 고개를 갸웃했다.

"반격이 전혀 없는 게 이상합니다. 혹시 병력이 없는 건 아닐까요?"

"아마도 그럴 거야. 이곳 북해도는 일본이 식민지로 선포한 지 겨우 10년 남짓이야. 그래서 가장 큰 도시라고 해 봐야 이 정도가 고작이고. 본토도 지키기 어려운 일본이니 여기로 병력을 보낼 여력이 없었을 거야."

"그렇겠네요. 그러면 우리가 너무 많은 병력을 끌고 온 건 아닐까요?"

대진이 고개를 끄덕였다.

"지금 당장은 병력이 많지. 허나 내년을 생각하면 그렇게 많은 수도 아니야."

"내년에 여기서 무슨 일이 일어납니까?"

"포로들을 이용해 북해도 일대에서 대대적인 경지 정리 작업을 할 거야. 그리고 우리가 가져온 벼를 처음으로 재배하기로 계획되어 있어."

"처음이라면 지금까지 북해도에서는 벼를 재배하지 않았던 겁니까?"

"그래, 그래서 일본이 지금까지 거의 버려두다시피 했던 거야."

그렇게 말한 대진이 김원석을 돌아봤다.

"재미있는 이야기를 해 줄까?"

"말씀해 보십시오."

"우리가 가져온 볍씨가 처음 개발된 곳이 회귀 전의 북해도농업연구소였어."

"그렇습니까?"

"그래, 이곳은 땅은 넓은 데에 비해 여름에도 날이 선선할 정도지. 그래서 본래는 벼를 재배하지 못했어. 2차대전에서 패방한 일본은 식량 사정이 좋지 않았어. 그래서 일본은 북해도에 농업연구소를 세우고 부단히 노력했지. 그러다 냉해에 강한 품종을 개발해 북해도에서 벼를 재배할 수 있게 되면서 일본의 식량 자급이 실현되었지. 그리고 그런 품종을 우리도 들여와서 여러 종류로 분화한 것이고."

"결국 그들이 개발한 쌀을 우리가 먹게 되는 거로군요."

"맞아. 이 북해도를 제대로 개발한다면 조선은 대번에 식량 자급을 이룩할 수 있게 돼."

"하지만 그보다는 만주를 공략하는 게 정답 아닐까요?"

"그야 당연한 일이고."

    북해도와 관련된 새로운 계획을 알게 된 김원석은 잠시 생각에 잠겼다. 그러다 문득 궁금한 것이 떠올라 입을 열었다.

    "이번 전쟁에서 승리하면 대마도와 북해도를 할양받으신다고요? 오키나와는 독립시켜 우리 속국으로 만들고요."

    "맞아. 그렇게 할 계획이야."

    "왜 북해도를 할양받으시려는 겁니까?"

    "그야 일본을 감시하기 위해서지. 일본이 북해도를 자국 영토로 선포한 지 겨우 10여 년이잖아. 그래서 지금이 아니면 북해도를 일본으로부터 할양받을 기회가 없어."

    "벼농사도 안 되는 땅이니 의외로 수월할 수도 있겠습니다."

    "맞는 말이야."

    그때 김원석이 놀라운 질문을 했다.

    "그렇게 된다면 러시아와 빅딜을 하는 건 어떻게 생각하시는지요?"

    대진이 고개를 갸웃했다.

    "러시아와 빅딜? 무엇을 어떻게 빅딜을 해?"

    "러시아가 가장 갖고 싶은 것이 무엇인지 특보님은 아시지요?"

    "그야 당연히 부동항이지."

    "그래서 저는 생각해 봤습니다. 부동항이 필요한 러시아에 북해도와 쿠릴열도를 넘겨주는 겁니다. 그리고 그 대가로 지난 1860년 러시아가 북경조약으로 청국으로부터 얻어 낸 땅을 돌려받는 겁니다."

대진이 크게 놀랐다.

"그 땅을 돌려받는다고?"

"그 땅은 본래 북부여와 발해의 땅이었습니다. 우리가 다음에 북벌을 진행하게 될 명분은 고토 수복입니다. 그런데 만주만 되찾는다고 고토를 전부 수복하는 건 아니지 않습니까? 그렇다고 러시아와 전쟁을 치를 수도 없고요."

생각지도 않은 제안이었다. 너무도 엄청난 이야기에 대진은 한동안 답을 못 했다.

"그게 과연 가능할까? 저들이 아무리 부동항을 탐낸다고 해도 면적이 너무 차이가 나잖아."

"그래도 특보님이 협상해 보시면 가능할 거라고 생각합니다."

"쉽지 않은 일이야."

대진이 어두운 얼굴로 고개를 저었다. 그러나 김원석은 포기하지 않았다.

"그러면 이건 어떻습니까?"

"좋은 방안이라도 있어?"

"러시아의 몽골 진출을 우리가 묵시적으로 인정하는 겁니다. 그 정도의 양보를 해 준다면 러시아도 흔쾌히 우리 제안을 받아들이지 않겠습니까?"

대진의 눈이 더 커졌다.

"몽골을 내주자고?"

"그렇습니다. 우리가 청국과의 전쟁에서 승리한다면 만리

장성 이북을 얻게 됩니다. 그때 내몽골은 우리가 직접 다스릴 수 있겠지만 몽골은 쉽지 않을 겁니다."

"할 수는 있겠지만 당장 실익은 없지."

"예, 공연히 땅만 많이 차지했다가 관리에 실패하면 더 곤란해집니다. 그러나 청국도 내몽골을 빼앗기면 몽골 통치가 아주 어려워질 겁니다. 그렇다고 지금의 몽골이 독립하기도 어려울 것이고요."

"그렇겠지."

김원석이 설명했다.

"그래서 제안을 하자는 겁니다. 몽골을 독립시켜 러시아의 속국으로 만들라고요. 그렇게 되면 우리가 몽골을 양보하는 격이 되어서 러시아도 거부하지 않을 겁니다. 더구나 북해도와 쿠릴열도까지 내준다면 충분히 협상이 가능하지 않겠습니까?"

"사할린의 원유를 노리는 거로구나?"

"그렇습니다. 사할린의 원유 매장량은 울릉유전의 몇 배 수준이라고 알려져 있습니다. 그런 유전을 우리가 얻는다면 두고두고 공업 발전에 도움이 될 것입니다."

대진도 동의했다.

"그렇겠지. 그리고 일본의 견제를 러시아로 넘겨준다면 우리에게 두고두고 도움이 될 것이고."

"맞습니다. 그리고 몽골도 크게 걱정하지 않으셔도 됩니다. 당장은 아니지만 훗날 러시아로부터 완전히 독립하게 될 것이고요."

대진의 고개가 크게 끄덕여졌다.

"충분히 가능한 말이네."

"그리고 조금 더 멀리 보면 신장[新疆] 지역의 독립에도 큰 도움이 될 것입니다."

대진이 크게 고개를 끄덕였다.

"참으로 놀랍네. 김 중위가 이런 생각까지 하고 있을 줄은 정말 몰랐어."

김원석이 머리를 긁적였다.

"근묵자흑(近墨者黑)이라고 하지 않습니까? 특보님을 모시다 보니 저도 생각하는 시간이 많아졌습니다."

"그래?"

"예. 특보님께서는 늘 당장의 상황보다 몇 수 앞을 생각하십니다. 그래서 저도 북해도를 놓고 생각하다가 이런 계획을 떠올리게 된 것입니다."

대진이 흡족한 미소를 지었다.

"고마운 말이네. 어쨌든 획기적인 제안이고 또 충분히 일리가 있는 제안이니만큼 적극 검토해 볼게."

"감사합니다."

두 사람이 대화하는 동안 본격적인 상륙작전이 시작되었다. 방법은 고베에서와 다르지 않았으나 적의 반격이 전혀 없는 상황이어서 속도는 몇 배나 빨랐다.

그 결과, 한나절도 되지 않아 하코다테 점령에 성공했다. 도시를 점령한 해병사단은 수송선을 이용해 병력을 주변 지역으로 보냈다.

그런 지역에서도 반발하는 곳은 단 한 군데도 없었다.

개발이 시작되고 얼마 지나지 않은 시점이어서 북해도에 거주하는 일본인은 얼마 되지 않았다. 그래서 공략이 쉬웠으며 반발도 거의 없었던 것이다.

북해도 점령을 마친 해병사단은 바로 겨울 준비에 들어갔다.

해병사단은 대마도 사람들을 풀어 산으로 도망친 일본인들을 불러냈다. 그렇게 산을 내려온 일본인들은 조선군의 통치에 의외로 협조를 잘했다.

보고를 받은 대진이 놀랐다.

"의외네요. 저는 반발이 심할 줄 알았는데 협조를 잘하다니요."

대마도 출신 일본인이 설명했다.

"그것이 바로 일본인의 전형적인 모습입니다."

"저항을 않는 것이 전형적이라고요?"

"그렇습니다. 일본의 중앙정부가 힘쓰게 된 건 10여 년에 불과합니다. 그 이전까지는 천 년 넘게 각 가문의 영주가 왕처럼 군림하고 있었고요."

"거의 독립국가라는 말은 들었습니다."

"그렇습니다. 가문에 속한 평민들은 거의 노예나 마찬가지였습니다. 거주 이전의 자유도 없었을뿐더러 농사를 지으면 모든 곡식을 영주에게 바쳐야 했습니다."

"그럼 무엇을 먹고 삽니까?"

"영주가 다시 내려 주는 쌀을 먹습니다. 우리 일본인이 소식을 하는 건 그런 전통 때문입니다. 영주들은 밥도 적게 먹으라고 하면서 밥그릇도 크게 만들지 못하게 했을 정도입니다. 그리고 다른 가문의 영지로 가려면 허가도 받아야 하고 세금도 별도로 내야 했습니다. 다른 영지에서 장사하려면 관세도 내야 했고요."

설명을 듣던 김원석이 투덜댔다.

"거의가 아니라 완전히 독립된 나라였네요."

"맞습니다. 그러나 전시에는 다릅니다. 일본의 전쟁에서는 사무라이와 병사끼리만 싸웁니다. 그래서 가문 간에 전쟁이 일어나면 평민들은 모두 산으로 대피합니다. 그런 평민을 다른 가문에서 발견해도 죽이지 않고요."

김원석이 의아해했다.

"의병이 될 수도 있는데 죽이지 않는다고요?"

대마도 출신 일본인이 고개를 저었다.

"아까도 말씀드렸지만 일본에서는 사무라이와 병사끼리만 전쟁을 합니다. 그래서 의병이란 단어조차 없는 게 현실입니다."

"평민들은 아예 전쟁에 참전하지 않나요?"

"이전에는 징집되어서 병사가 되는 경우는 있었습니다.

허나 이조차도 에도시대에 접어들면서 없어졌고요."

대진이 질문했다.

"전쟁이 끝나면 어떻게 됩니까?"

"전쟁이 끝나면 이긴 측에서 백성들을 불러옵니다. 그러면 백성들은 내려와서 다시 이전처럼 농사를 짓고 삽니다. 누가 이겼든지 간에 그 가문의 수장을 주인으로 모시면서요."

"아! 평민들은 누가 주인이 되어도 관계없다는 말이군요."

"그렇습니다. 어떤 사람이 주인이 되어도 사는 건 마찬가지입니다. 그래서 농사를 지어 쌀을 바치면 일정량을 배급받아 살게 됩니다."

"상인들은 다른가요?"

"지역의 상인들은 전부 다이묘 직속입니다. 그래서 오사카나 도쿄 상인을 제외하면 다이묘가 상단 주인이라고 생각하시면 됩니다."

"그렇군요. 그래서 일본 사람들이 저렇게 쉽게 적응하는 거로군요."

"예, 맞습니다."

김원석이 거들었다.

"회귀 전에는 일본인들이 왜 그렇게 정부에 순응했는지 잘 몰랐는데, 이제야 확실히 알겠네요."

"그러게 말이야."

북해도 정벌은 너무도 쉽게 마무리되었다. 그러나 이를 알게 된 일본 정부는 발칵 뒤집혔다.

이제는 아래도 문제지만 언제 위에서 조선군이 내려올지 모르는 상황이 되었다. 그렇다고 병력을 올려 보내 막을 수 있는 입장도 아니었다.

오사카가 너무도 허무하게 무너졌다. 그로 인해 주변 지역까지 무혈입성한 조선군은 월동 준비에 착수했다고 한다.

일본으로선 그나마 다행한 일이었다. 그러나 겨울 이후가 문제였다. 당장 병력도 부족했고 무기도 변변한 것이 없었다.

일본 정부는 우선 대대적인 징병에 들어갔다. 도쿄 주변은 에도막부의 직할 영지였다. 양곡 수입만 500만 석이 넘을 정도로 곡창지대였다.

일본 정부는 급히 외국에 도움을 요청했다. 그러나 미리 대진과 협상한 외국 공사들은 이런 일본의 제안을 모조리 거부했다.

그러고는 전쟁의 위협에서 벗어나게 한다는 이유로 자국인들을 다른 나라로 보냈다. 그러면서 영국과 프랑스는 자국 군대를 더 불러들여 공사관 주변을 수비하게 했다.

이때 대진은 새로운 계획을 세우고 있었다. 그래서 북해도가 정리되는 며칠 동안 두문불출했다.

그리고 며칠 후.

대진은 수송선을 타고 오사카로 내려왔다. 오사카에는 마침 전황 확인을 위해 손인석이 와 있었다.

대진은 바로 손인석을 찾아갔다.

손인석이 반갑게 맞았다.

"오! 어서 오게, 이 특보."

"충성. 그동안 잘 지내셨습니까?"

"나야 잘 지냈지. 장 사령관의 보고에 따르면 이 특보가 활약을 많이 했다고?"

대진이 급히 고개를 숙였다.

"아닙니다. 제가 한 것은 별로 없습니다."

"그거야 나중에 확인해 보면 알 일이지. 그건 그렇고, 북해도에 있어야 할 사람이 여긴 어인 일이야?"

"본래는 장 사령관님께 허락받을 사안이 있었습니다. 그런데 총사령관님께서 와 계시니 더 잘되었습니다."

그 말에 손인석이 큰 관심을 보였다.

손인석이 대진에게 확인했다.

"내게 허락받을 사안이 있다니. 이렇게 급히 내려온 것을 보니 중요한 일인가 보네?"

"그렇습니다. 일본의 내분을 유도할 수 있는 사안을 건의드리려고 합니다. 잘하면 일본이 둘로 나뉠 수도 있고요."

손인석의 눈이 빛났다.

"좋은 계획을 수립했나 보구나."

"모사재인 성사재천이라고 했으니 성공할 수 있을지는 장담할 수 없습니다. 하지만 시도는 해 볼 만한 가치가 있다고 생각합니다."

"좋아! 무슨 계획인지 말을 해 봐."

"지난 1873년 일본에서는 정한론을 놓고 극심한 정치투쟁이 벌인 적이 있습니다. 일본에서는 이를 정한론 정변(征韓論政變) 메이지 6년 정변(明治六年政變)이라고 부릅니다. 이 정쟁에서 패한 사이고 다카모리와 600여 명의 관료와 군인이 사퇴하게 됩니다. 모든 관직을 내려놓은 사이고 다카모리는 고향인 가고시마로 내려가 은거 아닌 은거를 하고 있습니다. 저는 이 사이고 다카모리를 일본 정부의 대항마로 지원해 주었으면 합니다."

손인석이 놀란 표정을 지었다.

"사이고 다카모리는 정한론의 태두나 다름없는 자야. 그런 자를 지원하면 화근이 될 수도 있지 않겠어?"

"그가 유능하다고 해도 한계가 있습니다. 아무리 우리가 도와준다고 해도 규슈 정도가 최선일 겁니다. 그래서 저는 그를 뒤에서 도와 규슈를 장악하게 만들었으면 합니다."

장병익이 거들었다.

"그래서 규슈를 독립시키자?"

"할 수만 있다면 그게 최선입니다. 그러나 일본 정부가 그걸 용인할 리가 만무하지요."

"내전을 유도하자는 거로구나."

"예, 그렇습니다."

잠시 생각에 잠기던 손인석이 입을 열었다.

"반란도 최소한의 병력이 있어야 하잖아. 사이고 다카모리가 반란을 일으킬 정도로 병력을 모을 수 있겠어?"

"기록에 따르면 사이고는 금년에 반란을 일으켰습니다. 세이난전쟁(西南戰争)이라고 부르는 반란이지요. 이 반란에서 사이고 다카모리는 정부군의 진대가 있던 구마모토성을 공격하다가 실패하면서 반란이 실패해 자결을 합니다."

손인석이 구마모토성을 알아봤다.

"임진왜란 당시 선봉장이었던 가토 기요마사(加藤清正) 축성했다는 성이구나."

"그렇습니다. 가토 기요마사는 울산성 전투에서 큰 곤욕을 치렀습니다. 당시의 경험 때문에 구마모토성의 축성에 엄청난 공을 들였다고 합니다. 성의 규모도 커서 둘레가 5㎞가 넘고 우물이 120개를 비롯해 각종 구난 시설도 만들어 놓았다고 합니다. 심지어 다다미도 토란 줄기로 만들 정도로요."

"농성전에 철저하게 대비한 거로구나."

"그래서 저희가 지난 포격 때 철저하게 파괴시켰습니다. 그 바람에 50여 개의 성루와 각종 건축물이 모조리 소실되었고요. 그러면서 성에 주둔하고 있던 규슈진대 병력이 엄청난 피해를 입었지요."

"그렇다는 보고를 받았다."

"사이고 다카모리도 그런 사정을 모르지 않을 겁니다. 그럼에도 봉기하지 않은 까닭은 우리 때문일 것입니다. 그리고 본토가 이토록 유린되고 있는 데에도 지원병조차 보내지 않고 있는 까닭이 무엇이겠습니까?"

"딴마음을 먹고 있다는 의미겠지."

"맞습니다. 사이고 다카모리는 권력의 최고 정점에 있다가 물러났습니다. 그런 사람이 권토중래를 꿈꾸는 건 너무도 당연하지 않겠습니까? 더구나 그의 나이는 이제 겨우 오십에 불과합니다."

"한창때구나."

장병익이 동조했다.

"저는 충분히 시도해 볼 만한 일이라고 생각합니다. 뭐, 실패한다고 해도 우리에게는 조금의 손해도 없는 일이고요."

"쉬운 일이 아니야. 조금만 머리가 돌아가는 자라면 우리의 진의를 쉽게 알아챌 수 있어. 그래서 자칫 잘못하면 이 특보가 다칠 우려가 있어."

장병익이 진지한 얼굴로 부정적인 의사를 내비쳤다. 그러나 대진은 포기하지 않고 다시 나섰다.

"저는 가능성이 높다고 생각합니다."

"그렇게 생각하는 까닭이 있겠지?"

"사이고 다카모리가 낙향한 이후 가고시마는 지금까지 단한 번도 정부에 조세를 납부하지 않고 있습니다."

손인석이 고개를 갸웃했다.

"그런데도 지금까지 그냥 놔두었단 말이야?"

"그렇습니다. 가고시마 현령인 오야마 쓰나요시(大山綱良)는 사이고 다카모리의 완전한 신봉자라고 합니다. 그래서 사이고의 뜻을 따르기 위해 조세를 납부하지 않으면서 거의 독립국가처럼 현을 운영하는 중입니다."

"으음!"

"그리고 사이고 다카모리는 낙향한 이듬해 학교를 열었는데 거기서 군사학과 군사훈련을 교육하고 있습니다. 놀랍게도 지금까지 학생 수가 2만 명이 넘는다고 합니다."

장병익이 헛웃음을 지었다.

"허! 불과 4년 만에 2만이라니. 그 정도면 일반 학교가 아니라 군사학교라고 해도 되겠어."

"맞습니다. 가고시마는 사쓰마 가문의 본거지였습니다. 사쓰마 가문은 에도막부 초기 규슈를 거의 통일했던 가문이고요. 그런 사쓰마가 에도막부에 고개를 숙이면서 영지가 2개 구니(国)로 축소되었다고 합니다. 이때 사쓰마 영주는 사무라이들을 1명도 빠짐없이 전부 향사로 만들었지요. 그래서 가고시마 지역은 다른 어느 영지보다 사무라이가 많습니다."

"그런 사무라이들이 사이고 다카모리의 학교로 몰려들었다는 거로구나."

"그런 것으로 추측됩니다. 그들은 지난 몇 년 동안 어떤

식으로든 군사훈련을 받은 자들입니다. 그래서 저는 일본군에게서 노획한 암스트롱포와 프랑스제 소총을 넘겨주었으면 합니다. 그리고 사이고 다카모리가 규슈에 독립국가를 건설하면 가장 먼저 승인해 주고요."

손인석이 크게 고개를 끄덕였다.

"그렇게 해서 일본의 내분을 유도하자는 계획은 이해가 되었다. 그런데 그것만을 위해 군사 무기를 지원해 주는 것은 실익이 별로 없잖아?"

"우리에게 시간을 벌어 주는 것만으로도 저는 큰 이익이라고 생각합니다. 그리고 무기는 무상이 아닌 문화재 환수를 비롯한 우리가 필요로 하는 대가를 받고 넘겨줄 생각입니다."

대진이 자신의 생각을 밝혔다.

일리가 있다고 생각한 손인석은 대진의 생각에 동조했다.

"그거 좋은 생각이다."

"일본은 패전해도 나름의 저력이 있는 나라입니다. 그런 일본에서 규슈를 떼어 놓는 것 자체가 그들에게는 엄청난 위기의식을 느끼는 일이 될 것입니다. 그래서 우리와의 전쟁이 끝나면 가장 먼저 규슈를 평정하려고 나설 것이 분명합니다."

장병익이 거들었다.

"가고시마의 전력이 강하게 해서 내전을 길게 만들자는 말이구나."

"예, 그렇습니다. 저는 사이고 다카모리가 몇 년이라도 버터 주었으면 합니다. 그 정도면 우리가 내부를 정비해 북벌을 진행할 시간을 벌 수 있을 터이니 말입니다."

손인석이 크게 고개를 끄덕였다.

"우리가 체제를 정비할 시간을 버는 것만 해도 충분하다는 말이구나."

"그렇습니다. 일본에서 내전이 벌어지는 동안 우리는 일본을 신경 쓰지 않아도 됩니다. 그리고 속단인지는 모르지만 사이고 다카모리의 쓰임새는 그 정도가 적당할 것 같습니다. 물론 일본 내전이 오래 길어질수록 우리에게는 그만큼 더 좋은 일이고요."

대진의 계획을 모두 들은 손인석은 결정을 내렸다.

"전후 일본에 관한 문제이니 주요 지휘관회의를 열어서 결정하자. 이 특보도 회의에 참석해서 방금 한 의견을 다시 개진해 주도록 해."

"예, 알겠습니다."

다음 날 주요 지휘관 회의가 열렸다.

이 회의에서 대진은 열변을 토했다. 그 결과, 만장일치로 대진의 의견이 채택되었다.

며칠 후.

귀화한 대마도인 몇 명이 은밀히 오사카를 떠났다. 그리고 10여 일 후 이들이 돌아와 소식을 전했다.

　"사이고 다카모리가 조선의 특사를 만나 보고 싶다고 합니다."

　대진이 확인차 물었다.

　"조건을 내건 것은 없고요?"

　"되도록 은밀히 만나자고 했습니다. 그래서 가고시마 앞바다에 있는 다네가(種子) 섬에서 만나자고 합니다."

　"다네가 섬이 어디 있지요?"

　"가고시마 바로 앞에 있습니다."

　대마도인이 섬에 대해 간략히 설명했다.

　"다네가 섬은 일본에서 조총을 가장 먼저 생산된 지역입니다. 야사에 따르면 대장장이가 포르투갈 상인에게 딸을 주고 제작법을 배웠다고 하고요. 이후 각 지역에서 화승총이 제작되었지만 초기에 생산된 지역이어서인지 '다네가 화승총'은 지금까지도 명품 대접을 받고 있습니다."

　"그렇군요. 화승총을 만들 정도라면 섬이 꽤 크다는 말이군요."

　"그렇습니다. 대마도보다 크기는 작지만 주민이 수만 명이 살고 있는 섬입니다."

　"그렇군요. 허면 날짜는 언제로 정했습니까?"

　"12월 10일입니다."

　"다행히 날은 넉넉하군요. 고생하셨습니다."

"아닙니다. 귀환한 사람으로서 국가를 위해 해야 할 일을 했을 뿐입니다."

대진은 고생한 그에게 후사했다. 그리고는 한동안 휴식을 취하고는 그와 함께 약속 장소로 출발했다.

며칠 후.

대진은 사이고 다카모리와 만났다. 사이고 다카모리를 만난 그는 우선 그의 키와 덩치에 놀랐다.

'대단하구나. 일본인은 다 작은 줄 알았는데 이 사람은 덩치가 나하고 비슷할 정도로 커.'

사이고 다카모리가 대진을 맞았다.

"어서 오시오."

대진도 정중히 인사했다.

"만나 뵙게 되어 영광입니다."

사이고 다카모리가 피식 웃었다.

"말씀을 하시는 것을 보니 나에 대해 잘 알고 계시나 봅니다."

"잘 알지는 않지만 어떤 분이란 말은 많이 들었습니다."

사이고 다카모리가 부리부리한 눈으로 대진을 바라봤다. 대진은 조금도 위축되지 않고 그의 눈을 맞받았다. 잠시 그렇게 노려보던 사이고 다카모리가 호탕하게 웃었다.

"하하하! 역시 조선에는 인물이 많아! 지금까지 내 눈을 제대로 받는 사람은 본 적이 없는데 대단하십니다."

대진도 맞장구쳤다.

"저도 일본인을 많이 만나지는 못했습니다. 그렇지만 사이고 대장과 같이 몸집이 좋은 분은 처음입니다."

사이고 다카모리가 인정했다.

"맞는 말씀이오. 나 같은 덩치를 가진 일본인은 거의 없지요. 하지만 그대도 만만치 않습니다."

"예, 저도 작은 몸집은 아닙니다."

"내 성향이 어떻다는 것은 조선에서도 알고 있을 것이오. 그런데도 나를 만나고자 하는 목적이 뭡니까?"

"우선은 조선의 국익에 도움이 되기 때문입니다."

"그거야 당연한 말씀이지요. 국익에 도움이 되지 않는다면 대마도 사람까지 보내서 나를 만나자고 할 이유가 없겠지요. 그래, 무슨 제안을 하려는지 들어나 봅시다."

"우리 조선은 일본의 국력이 너무 강성해지는 것을 바라지 않습니다. 역대로 일본은 힘을 기르면 그 힘을 외부로 표출하려 했으니까요. 그래서 과거에 임진왜란과 같은 불행한 일이 발생했고요. 가깝게는 몇 년 전 대만을 침공하기도 했지요."

사이고 다카모리가 급히 변명했다.

"과거의 일은 나도 안타깝게 생각합니다. 하지만 대만과의 일은 그들이 먼저 우리 국민을 죽인 데에 따른 대응 차원이었습니다."

"하지만 정한론을 주장하는 것도 같은 이유라고 생각하니다. 일본 내부가 어지럽거나 국력이 약할 때 외부로 시선을 돌려 내부 분열을 막기 위함이지요.”

대진의 정곡을 찌르는 말에 사이고 다카모리의 안색이 굳어졌다.

“지금 나를 추궁하는 겁니까?”

대진은 고개를 저었다.

“아닙니다. 추궁할 생각이었다면 군대를 몰고 왔겠지요. 나는 단지 일본이 강성해지는 것을 막기 위해서 노력하는 겁니다. 그러면서 사이고 대장의 꿈을 실현시켜 드리려는 거고요.”

그 말에 사이고 다카모리의 눈이 커졌다.

그는 대진을 노려봤다. 그러나 대진이 조금도 주눅 들지 않고 맞받아치자 한숨을 내쉬었다.

“후! 좋습니다. 무슨 제안인지 들어나 봅시다.”

대진도 잠깐 숨을 골랐다.

“우리는 사이고 대장이 무력 봉기를 준비하고 있다는 사실을 알고 있습니다.”

쾅!

사이고 다카모리가 탁자를 내리쳤다. 그런데 얼마나 세게 내리쳤는지 그대로 두 쪽이 나 버렸다.

“지금 무슨 말을 하는 거요? 내가 역모를 꾸미고 있다니요?”

대진이 그를 진정시켰다.

“너무 흥분하지 않아도 됩니다. 나는 내가 알고 있는 사실을 절대 외부로 알리지 않을 겁니다. 그럴 생각이었다면 애초부터 여기에 오지도 않았을 것이고요."

자신이 너무 흥분했다는 사실에 당황한 사이고 다카모리는 헛기침을 했다.

"험! 험! 어디서 이상한 소문을 들었는지 알 수는 없소이다. 하지만 공연한 말로 사람을 곤혹스럽게 만들지 않았으면 합니다."

그는 상황을 적당히 정리하려고 했다. 그러나 다른 생각을 갖고 있는 대진은 한발 더 나갔다.

"나에게까지 속내를 숨길 필요는 없습니다. 적의 적은 아군이란 말이 있습니다. 만일 그대가 어떤 기대감도 갖고 있지 않았다면 구태여 이곳까지 장소를 정해서 나올 필요는 없었겠지요."

사이고 다카모리의 안색이 붉어졌다. 당황한 그는 잠시 말을 못 하다가 대진의 말을 되뇌었다.

"적의 적은 아군이라고요?"

"그렇습니다. 저는 정치가는 아닙니다. 그래서 권력이란 것이 어떤 마력을 가지고 있는지는 모릅니다. 그러나 한 가지 알고 있는 것이 있습니다."

"그게 무엇이오?"

"정적이 끝까지 영화를 누리는 것은 죽어도 보고 싶지 않다는 사실입니다."

"……."

처음으로 그의 입이 다물렸다. 그는 생각이 복잡하게 뒤엉킨 표정으로 눈까지 감아 가며 생각에 잠겼다.

그 모습에 대진은 잠시 기다렸다가 말을 이었다.

"사이고 대장은 왜 귀향해서 학교를 설립하고 군사학과 군사훈련을 실시했습니까? 왜 가고시마 현령이 조세를 중앙으로 보내지 않는 것을 막지 않았습니까? 그리고 일본 정부가 허물어지고 있는 것을 알면서도 왜 병력을 보내지 않은 것입니까?"

몇 개의 질문이었다. 그러나 그 질문의 의도가 결국 하나라는 사실을, 사이고 다카모리는 모르지 않았다.

그의 고심은 더 깊어졌다.

이번에는 대진도 그의 답을 기다렸다.

얼마의 시간이 지났다.

"……내가 거병하기를 바라는 것이오?"

"거병하기를 바라는 것이 아니라 거병을 도와주겠습니다."

사이고의 눈이 더없이 커졌다.

"거병을 도와주겠다고요?"

"그렇습니다. 몇 가지 조건만 들어준다면 전폭적인 지원을 해 줄 용의가 있습니다."

"적의 적은 아군이어서 그렇습니까?"

"물론입니다. 국익에 도움이 되지 않았다면 이런 만남조차 무의미한 것이지요. 그리고 그러한 본국의 국익은 분명 사이고 대장께 도움이 될 것입니다."

사이고 다카모리는 무거운 표정으로 고개를 끄덕였다.

"좋습니다. 무엇을 어떻게 해야 하는지 말씀을 해 보시지요."

"우선 일본군에게 노획한 무기를 공여할 예정입니다."

사이고 다카모리가 큰 관심을 보였다.

"무기를 주겠다고요?"

"그렇습니다. 공여할 무기는 일본이 전시 채권으로 들여온 암스트롱포 수십 문과 프랑스제 소총도 수만 정 됩니다."

사이고 다카모리가 벌떡 일어났다.

"그 많은 무기를 우리에게 전부 준다는 말입니까?"

"무조건 공짜는 아닙니다. 사이고 대장도 알다시피 일본 정부는 전시 채권을 발행했을 정도로 야포와 소총은 고가입니다."

사이고 다카모리의 표정이 대번에 실망감에 물들었다. 그러나 이내 무언가를 생각하더니 표정을 달리하고는 바짝 매달렸다.

"우리는 지금 군비 충당도 쉽지 않은 상황입니다. 그런 사정을 알고 있는 분이니 돈을 바라지는 않을 것으로 생각 됩니다. 그러니 말씀해 보십시오. 우리가 무엇을 어떻게 해 주어야 하는지 말입니다."

대진이 싱긋 웃었다.

"역시 경험이 많은 사이고 대장이시군요. 솔직히 제값을 팔고 물건을 넘겨주면 좋겠지요. 그렇게 하는 것만 해도 사이고 대장에게는 큰 혜택이니 말입니다."

"그건 맞습니다."

"그러나 저는 화기 대금으로 돈을 바라지는 않습니다. 그 대신 규슈 지역에 있는 우리 문화재를 철저하게 조사해서 환수할 수 있도록 해 주십시오. 아울러 조선과 가까운 후쿠오카에 부산의 초량왜관과 같은 10만 평의 땅을 조선이 그랬듯이 400년 동안 제공해 주기를 바랍니다."

사이고의 눈이 커졌다.

"400년 동안이요?"

"조선에 왜관이 들어서게 된 것은 400년이 훌쩍 넘습니다. 그러나 그 기간을 전부 정산하기는 어려우니 400년으로 한정한 것입니다. 그리고 일본 정부와의 종전 협상에서 우리는 대마도를 할양받을 겁니다. 이에 대해서도 사이고 대장이 건국하게 될 정부에서 공인해 주기를 바랍니다."

사이고 다카모리가 크게 놀랐다.

"대마도를 넘겨 달라고요?"

"그렇습니다. 우리 조선은 이번에 일본 중앙정부를 철저하게 무력화할 것입니다. 그러면서 이번 전쟁에 따른 배상은 물론 과거 임진왜란에 대한 일왕의 공식 사과와 배상까지 받아 낼 생각입니다."

사이고 다카모리의 안색이 크게 변했다. 그는 한동안 말을 못 할 정도로 큰 충격을 받았다.

"……그렇게나 가혹하게 배상을 받아 낼 필요가 있습니까? 임진년의 전쟁은 벌써 300년 가까이 지난, 오래된 전쟁입니다."

"그렇기는 하지요. 그러나 지금까지 일본에서 그에 대한 반성과 사과를 한 적이 있었던가요?"

"그, 그건……."

"에도막부도 자신들이 일으키지 않은 전쟁이라고 변명했습니다."

"그건 맞는 말입니다. 임진년의 전쟁은 도요토미 히데요시가 일으킨 전쟁입니다. 에도막부는 그 전쟁과는 아무 관련이 없습니다."

대진이 단호한 표정으로 고개를 저었다.

"정확히 말씀드리면 일본이 일으킨 전쟁이지요. 도요토미 히데요시는 단지 태합(太閤)으로서 전쟁을 총괄한 사람일 뿐이고요. 그리고 에도막부의 도쿠가와 이에야스는 참전하지 않은 것이 맞습니다. 그러나 많은 장수들이 참전했고 그런 장수의 대부분이 다이묘가 되었지요."

그러자 사이고 다카모리가 한발 물러섰다.

"그렇게 말씀을 하시니 할 말이 없군요."

"우리는 사이고 대장이 규슈 전역을 정복하기를 바랍니

다. 그러고는 독립을 선포하십시오. 그러면 우리 조선이 가장 먼저 독립을 승인해 줄 것입니다."

그 말에 사이고 다카모리가 눈을 빛냈다. 그는 조선의 지원으로 힘을 길러 열도를 통일한 뒤 그 기세로 조선을 침략할 속셈을 갖고 있었다.

"만일 내가 규슈를 넘어 일본 전역을 통일하면 어떻게 됩니까?"

대진이 싱긋 웃었다. 말은 하지 않았지만 사이고 다카모리의 표정을 보고 그의 속내를 어렵지 않게 읽을 수 있었기 때문이다.

"그러면 더 좋은 일이지요."

"허면 그 이후로도 나를 전폭적으로 지지해 주겠다는 말입니까?"

"그렇습니다. 전폭적인 지지뿐만 아니라 필요하다면 원조라도 해 줄 용의가 있습니다."

사이고 다카모리의 눈이 커졌다.

"원조라고요? 나는 조선의 국력이 그 정도는 아닌 것으로 알고 있습니다만."

대진이 크게 웃었다.

"하하하! 사이고 대장도 다른 일본 지도자들과 같은 생각을 하고 있군요. 우리는 그동안 보여 주고 싶은 것만 보여 줘 왔습니다. 초량왜관도 일부러 몇 년 방치하면서 일본의 방심을 유도해 왔고요."

"아! 그렇습니까?"

"예. 그러지 않았다면 어찌 일본 함대를 전멸시킬 수 있었
겠습니까? 그리고 어찌 금년 초부터 지금까지 일본에 상륙
한 이래로 단 한 번의 패배도 없이 일본군을 밀어붙일 수 있
었겠습니까?"

사이고가 연신 고개를 끄덕였다.

"맞습니다. 저도 그렇지만 우리 일본은 조선에 대해 너무
큰 착각을 하고 있었습니다."

대진이 정리했다.

"자! 이제 결정하시지요. 이만하면 우리와 손잡아도 문제
는 없겠지요?"

사이고가 양해를 구했다.

"송구하지만 이 문제는 우리 명운이 걸린 일이어서 혼자 결
정할 수는 없습니다. 그러니 잠시 시간을 주셨으면 합니다."

대진이 흔쾌히 동의했다.

"그렇게 하시지요. 허나 너무 오래 기다리게 해서는 안 됩
니다."

"며칠 정도면 됩니다."

"그러면 그동안 저는 아마미오섬을 둘러봐도 되겠습니까?"

"아마미오섬이라고요?"

"예, 과거부터 흑설탕의 산지로 유명한 섬이라고 해서요. 그

래서 가능하면 우리도 수입할까 싶어서 둘러보려고 합니다."

그 말에 사이고가 크게 반겼다.

아마미오섬은 본래 류큐왕국에 속해 있었다. 그러다 사쓰마가 류큐왕국을 정복하면서 강제로 사쓰마의 영토로 만들었다.

사쓰마가 이렇게 한 까닭은 이 섬이 흑설탕의 산지였기 때문이다. 이 섬을 얻은 사쓰마는 흑설탕을 독점하게 되면서 많은 수익을 거둬 왔다.

가고시마로 내려온 사이고 다카모리는 이 전통을 그대로 이어받았다. 그래서 흑설탕을 판매해서 얻은 수익으로 군비 확충에 투입해 왔다.

"아마미오의 흑설탕은 과거부터 질이 좋기로 유명합니다. 조선에서 수입해 간다면 아마도 큰 호평을 받게 될 것입니다."

"질이 좋다는 소문은 들어서 알고 있습니다."

"그러면 섬을 안내할 사람을 붙여 드리겠습니다."

"부탁드리겠습니다."

잠시 후.

사이고는 말한 대로 섬을 잘 아는 자를 붙여 주었다.

대진은 그에게 감사를 표하고는 며칠 후에 만날 것을 약속한 뒤 배에 올랐다. 사이고 다카모리도 대진을 전송하고는 자신의 일행과 함께 가고시마로 넘어갔다.

"다녀오셨습니까?"

사이고 다카모리가 찾은 곳은 가고시마 현청이었다. 현령인 오야마 쓰나요시는 사이고보다 2살이 많았으나 마치 주군 대하듯 했다.

"별일 없었습니까?"

"그렇습니다. 대장께서는 조선 특사를 잘 만나고 오셨습니까?"

"나름의 소득이 있었습니다."

　사이고가 대진과의 대화를 설명했다. 오야마 현령은 말을 다 듣기도 전에 눈이 찢어질 듯 커졌다.

"그게 정말입니까? 조선에서 우리에게 그 많은 무기를 지원하겠다는 말이?"

"허허! 내가 현령께 왜 거짓을 말하겠소?"

　오야마가 급히 머리를 숙였다.

"송구합니다. 하도 놀라운 말씀을 하셔서 제가 잠시 넋이 나갔습니다."

　사이고 다카모리도 고개를 끄덕였다.

"그럴 만도 하지요. 나도 처음 그 말을 들었을 때 너무 놀라 말을 못 했으니까요."

"허면 그 대가는 무엇입니까?"

　사이고 다카모리가 나머지 말을 했다.

　오야마 쓰나요시가 침음했다.

"10만 평의 땅을 400년간 달라는 건 너무 과한 처사입니다. 더구나 대마도까지 넘겨 달라니요. 이 조건을 들으면 사무라이들이 어떻게 생각할지 걱정입니다."

사이고 다카모리가 고개를 저었다.

"나도 그게 걸려서 바로 결정을 못 했습니다. 허나 조선이 넘겨준다는 군사 무기가 그 대가라면, 넘겨주어도 될 것 같다는 생각도 했습니다. 지금은 무엇보다 규슈를 통일하는 일이 급선무니까요."

오야마 쓰나요시도 동조했다.

"저도 각하와 생각은 같습니다. 하지만 명분을 중시하는 사무라이들 중에서 다른 생각을 하는 자들이 나오지는 않을지 걱정입니다."

사이고 다카모리가 주먹을 쥐었다.

"지금은 어쩔 수 없습니다. 우리에게는 조선의 도움이 절대적으로 필요합니다. 만일 이 제안을 거부한다면 우리는 지금의 열악한 무기로 조선과 싸워야 합니다. 현령께서는 지난번에 있었던 조선군의 포격을 직접 경험하시지 않았습니까?"

그 말에 오야마 쓰나요시는 저도 모르게 몸을 떨었다.

다음 권으로 이어집니다

ROK MEDIA
로크미디어
로또부터 장군까지
게르만 현대 판타지 장편소설
충성! 소위 김대한, 회귀를 명받았습니다!
눈치면 눈치 실력이면 실력
재력까지 모두 갖춘 SSS급 장교가 나타났다!
학군단 출신으로 진급을 꿈꾸는 김대한
거지 같은 상관, 병신 같은 소대원들을 끼고서
열심히 했지만 결국 다섯 번째 진급 심사마저 떨어지고
홧김에 술을 마시고서 만취 후 눈을 뜨는데……
2013년 6월 21일 금요일
오늘 수료일이지? 이따 저녁에 집에서 고기 구워 먹자
삼겹살 사 갈게~^^ -엄마
췌장암 말기로 병원에 있어야 할 어머니의 문자
아니, 12년 전으로 돌아왔다고?
부조리 참교육부터 라인 잘 타는 법까지
경력직 장교가 알려 주는 슬기로운 군 생활!

꿈의 도약, 로크에서 하십시오
(주)로크미디어에서 신인 작가를 모십니다

즐거운 세상, 로크미디어는 꿈을 사랑하고 도전을 두려워하지 않는 작가 분들의 참신한 작품을 기다리고 있습니다. 21세기 장르 문학계를 이끌어 갈 차세대 선두 주자 (주)로크미디어에서 여러분의 나래를 활짝 펴 보시길 바랍니다.

모집 분야 판타지와 무협을 포함한 장르 문학
모집 대상 아마추어 작가, 인터넷 작가
모집 기한 수시 모집

작품 접수 시 유의 사항

1. 파일명은 작가명_작품명.hwp형식을 갖춰 주십시오.
1. 파일에 들어갈 내용은 다음과 같습니다.
   - 성명(필명인 경우 실명을 밝혀 주세요), 연락처, 이메일 주소
   - 제목, 기획 의도
   - A4용지 1장 분량의 등장인물 소개
   - A4용지 2장 분량의 전체 줄거리
   - 본문
1. 작품이 인터넷에 연재되고 있다면, 게시판명과 사이트의 구체적이고 정확한 주소를 기재해 주십시오.

선택된 작품은 정식 계약 후 출판물로 간행되어 전국 서점에 유통됩니다.
작가 분은 (주)로크미디어의 전폭적인 지원하에 전속 작가로 활동하시게 됩니다.
※ 자세한 내용은 로크미디어 홈페이지(rokmedia.com)를 참조하세요.

(04167)서울시 마포구 마포대로 45 일진빌딩 6층
(주)로크미디어 편집부 신간 기획 담당자 앞
전화 : 02) 3273-5135
www.rokmedia.com   이메일 : rokmedia@empas.com